Manfred Rommels gesammelte Witze

Manfred Rommels gesammelte Witze

Mit fünfzehn Zeichnungen
des Autors

Zusammengestellt
und herausgegeben von
Ulrich Frank-Planitz

Deutsche Verlags-Anstalt

Bibliografische Information Der Deutschen Bibliothek
Die Deutsche Bibliothek verzeichnet diese Publikation in der Deutschen Nationalbibliografie; detaillierte bibliografische Daten sind im Internet über <http://dnb.ddb.de> abrufbar.

12. Auflage 2004

1997 erschien eine Ausgabe dieses Buches erstmals im Engelhorn Verlag, Stuttgart.

Druck und Bindearbeiten: Clausen & Bosse, Leck
Diese Ausgabe wurde auf chlor- und säurefrei gebleichtem, alterungsbeständigem Papier gedruckt.
Printed in Germany

ISBN 3-421-05571-8

Inhalt

Manfred Rommel
Der Witz in der deutschen Rede

Dieses Buch soll eine Ermutigung sein – eine Ermutigung zur Verwendung des Witzes in der deutschen Rede. Sie braucht den Witz, denn sie hat meistens keinen. Entweder versucht der Redner, etwas, was nur er weiß, seinen Zuhörern mitzuteilen, damit diese es auch wissen. Aber die Zuhörer wollen in der Regel nichts Neues wissen; sie sind mit dem, was sie bereits wissen oder nicht wissen, recht zufrieden. Oder der Redner versucht, das, was die Zuhörer bereits wissen und für richtig halten, noch mal zu sagen. Das kommt in der Regel ganz gut an.

Sich Gehör verschaffen

Wenn solche Darlegungen aber eine Stunde oder noch länger dau-

ern, dann hören die Zuhörer auf, solche zu sein, und beginnen sich die Zeit durch Atemübungen, Fußrollen, Abzählen der Lampen oder Schütteln der Armbanduhren zu vertreiben oder gar durch unvermuteten Applaus dem Gedanken Ausdruck zu geben, daß eine Rede auch einen Schluß haben sollte.
Die meisten Reden sind a dormir debout, zum

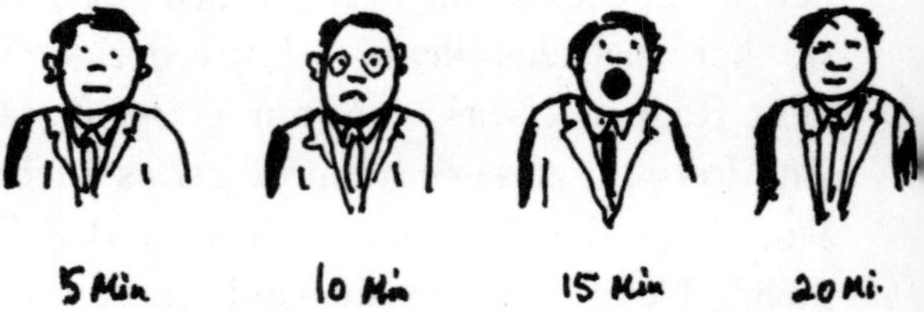

Der Zuhörer

stehend einschlafen, wie unsere französischen Freunde sagen. Wer von uns hat noch nicht den Kampf mit den eigenen Augenlidern durchgestanden und gelegentlich auch verloren. Wenn die Augenlider einmal zugefallen sind, dann gibt es gegen den Schlaf kein Mittel mehr – ein Zustand, in dem nach der Bibel zwar der Herr den Seinen gibt (*Psalm 127,2)*, aber die Seinen nicht mehr Herr über die von ihnen ausgehenden Geräusche sind. Solche Geräusche können zwar mit Humor begabte Menschen amüsieren, aber den, der redet, und den, der sie produziert, erfreuen sie nicht. Er fühlt sich nicht wohl, wenn er durch einen Rippenstoß eines wohlmeinenden Nachbarn geweckt oder, durch Kichern und Gelächter aus dem Schlummer hochgeschreckt, auffährt, oftmals nicht ohne einen besonders eindrucksvollen Endton zu erzeugen.

Nutzanwendung: Als Redner erzähle man Witze. Denn diese halten wach. Aber was für welche? Hierfür gibt dieses Buch Tips und Hinweise. Das Buch ist kein wissenschaftliches Werk, was sich schon daran erkennen läßt, daß die Fußnoten fehlen. Es ist ein praktisches Buch. Es kann nutzen. Gleich zu Anfang sei festgestellt: Eigentlich tut es irgendein Witz. Auch ein sehr alter. Denn nach Nietzsche, dem alten Psychologen, besteht die Freude an einem

Kunstwerk auf einer einfachen Stufe in der Wiedererkennung dessen, was man bereits gehört hat. Das gilt auch für den Witz. Er braucht auch nicht im Sinnzusammenhang zu stehen. Es ist zwar ganz nett, wenn er steht, aber er muß nicht.

Ich habe als Staatssekretär im Finanzministerium des Landes Baden-Württemberg einmal an einem vom damaligen Bundesfinanzminister Helmut Schmidt geleiteten Hearing von unzufriedenen und ziemlich kritischen Steuerbeamten teilgenommen. Dieses Hearing wurde von Helmut Schmidt dadurch aufgelockert, daß er immer wieder einen Witz aus einem Buch vorlas, dessen Titel, wenn ich mich recht erinnere, »Humor im Finanzamt« hieß. Die Wirkung war erhöhte Aufmerksamkeit, erreicht wurde freilich weniger die Beruhigung der Gemüter, als die Resignation der Fordernden. Aber das war auch etwas wert.

Der Witz ist ein Mittel, um zu entkrampfen. Der Zuhörer entwickelt eine natürliche Feindseligkeit gegenüber dem Redner, weil dieser redet und er zuhören muß. Diese Feindseligkeit läßt sich mildern, wenn nicht sogar aufheben durch Witze. Wenn der Kassier verschwunden ist, und Sie dies als Geschäftsführer mit Grabesstimme den Gesellschaftern mitteilen, dann ist Ärger unvermeidlich. Aber wenn Sie zunächst einmal den Witz vom verschwundenen Kassier erzählen: *Der Kassier ist verschwunden. Haben Sie schon im Kassenschrank nachgesehen? Ja, da ist er aber auch nicht,* dann erzeugen Sie sofort eine aufgeräumte und heitere Stimmung, welche die Bekanntgabe der unangenehmen Nachricht wesentlich erleichtert. Die Kunst, unangenehme Nachrichten den Geschädigten mitzuteilen, ohne hiervon selber Nachteile erleiden zu müssen, ist lediglich der rechtzeitige Einsatz eines geeigneten Witzes. Bei Mißerfolgen, Pleiten, Katastrophen ist die gängige Entschuldigung: Es hätte noch viel schlimmer kommen können. Diese Entschuldigung ist zwar besser als gar keine, doch sie befriedigt und besänftigt wenig. Dies ändert sich, wenn *Witz 223* in Einsatz gebracht wird, den ich Lothar Späth verdanke: *Ein Stammtischbruder ging seinen Freunden dadurch auf die Nerven, daß er immer sagte: Das hätte noch viel schlimmer kommen können. Eines Tages passierte in der Nachbarschaft ein furchtbares Unglück. Ein Mann kam heim, überraschte seine Frau mit einem Liebhaber, warf beide aus dem 13. Stock zum Fenster hinaus und sprang selber hinterher. Als der Fall am Stammtisch besprochen wurde, sagte der Stammtischbruder wieder: »Es hätte noch viel schlimmer kommen können.« Da ärgerten sich die anderen und fragten ihn: »Was hätte da noch schlimmer kommen können? Sie tot, Liebhaber tot und Gatte tot?« Er meinte nur: »Vor zwei Tagen war nämlich ich dort.«*

Der Witz dient nicht nur der Auflockerung, er kann auch der Illustration und Hervorhebung von Gedanken dienen. Jeder oder fast jeder Witz enthält einen Gedanken. Oft ist der Gedanke banal oder eine Binsenweisheit. Aber es sind gerade die Binsenweisheiten oder die banalen Wahrheiten, die nicht beachtet werden, besonders nicht in der Politik, zum Bei-

So groß der Bedarf

So klein unsere Mittel

spiel, daß man nur das Geld ausgeben kann, das man hat, daß man Schulden verzinsen und zurückzahlen sollte, daß man denken soll, bevor man handelt, usw. Ich weiß nicht, woher die Vernachlässigung von banalen Wahrheiten kommt. Entweder wir meinen, daß die großen Geister der Menschheit sich mit diesen Fragen befaßt und auf sie gültige Antworten gefunden haben. Aber die großen Geister denken seit dem Erlöschen des philosophischen Idealismus nicht daran, sich mit banalen Fragen zu befassen. Oder wir meinen, Gott selber würde die banalen Wahrheiten in die eigenen Hände nehmen und dafür sorgen, daß sie sich durchsetzen. Doch aus der Wirklichkeit lassen sich nur wenige Hinweise darauf entnehmen, daß Gott dieses tut. Möglicherweise denkt er, er hätte die Menschen bei ihrem Abmarsch aus dem Paradiese gut mit Verstand ausgestattet und er könne eigentlich davon ausgehen, daß sie von diesem Gebrauch machen, auch im Umgang mit banalen Wahrheiten.

Der Witz ist auch eine Waffe in den Händen des politischen Redners. Er kann ihn nicht nur verwenden, um einen Konkurrenten lächerlich zu machen, sondern auch, um sich selber vor der Lächerlichkeit zu retten. Es ist menschlich verständlich, daß ein Politiker auf Versuche, ihn lächerlich zu machen, dadurch reagiert, daß er beleidigt ist. Das liegt nahe, ist aber unklug. Klug ist in solchen Fällen, so zu tun, als ob es einem nichts ausmacht. Noch klüger ist es, den Spieß umzudrehen und die Witze, die über einen verbreitet werden, selber zu erzählen. Die Möglichkeit, störende Witze durch Verbote oder noch drastischere Maßnahmen zum Schweigen zu bringen, hat der Politiker in der Demokratie nicht. Der Witz von Radio Eriwan: *»Stimmt es, daß Genosse Stalin die Witze sammelt, die über ihn erzählt werden?« Antwort: »Im Prinzip ja, aber er sammelt auch die, welche sie erzählen.«* hat bei uns keine reale Grundlage. Wenn beispielsweise, wie das weltweit üblich ist, über einen Politiker Witze verbreitet werden, die ihn als nicht sehr gescheit darstellen, ist dieser gut beraten, wenn er möglichst oft einige dieser Witze erzählt und hinzufügt, daß er zwar, wie diese Witze zeigen, nicht besonders gescheit sei, daß er aber im Unterschied zu seiner politischen Konkurrenz imstande sei, einige Grundwahrheiten zu erkennen und nach dieser Erkenntnis zu handeln.

Eigentlich läge der Schluß nahe, daß die politische Konkurrenz noch dümmer sei, aber er wolle wegen der politischen Kultur diesen Schluß nicht ziehen, wenigstens nicht öffentlich. Dann kann er erzählen, was er auch sonst erzählt. Auch wirkliche Mängel lassen sich dadurch überspielen, daß der, der sie hat, sich selber über sie lustig macht oder so tut, als machte er dies.

Ich habe den Umstand, daß ich lisple und manchmal stottere, geradezu kultiviert und zum Markenzeichen ausgebaut. Wenn ich etwas im Rundfunk sage, merkt jeder: Das ist der Rommel. Andere müssen zunächst einmal zehn Minuten reden, bevor der Zuhörer erkennt, um wen es sich handelt. Solange läßt aber der Rundfunk nur selten einem Politiker das Wort.

Bei der Verwendung von Witzen in der politischen Rede muß man sich aber über eines im klaren sein: Jemand ist immer beleidigt. Man ahnt gar nicht, wieviel Empfindsamkeit es gibt, wenn es sich um die Beurteilung und Verurteilung anderer handelt. Witze sind ausländerfeindlich, frauenfeindlich, behindertenfeindlich, verhöhnen die Kranken, Armen und sind menschenverachtend und geschmacklos. Letztlich gibt es gegen den gesamten Humor Bedenken. *Die Geschichte von dem Ehepaar zum Beispiel, das sich nach der Hochzeitsnacht Geständnisse macht, ist so ein Fall: Sie sagt zu ihm: »Ich muß dir etwas sagen: Ich bin vollkommen farbenblind!« Darauf er: »Dann muß ich etwas sagen: Ich stamme nicht aus Bad Cannstatt, sondern aus Kamerun.«* Dieser Witz, bestens geeignet, um bei Abschluß von Verhandlungen zu illustrieren, daß man sich gegenseitig die Wahrheit gesagt hat, wird immer wieder fälschlich als rassistisch bezeichnet, bloß weil ein Dunkelhäutiger darin vorkommt. Wenn Juden so denken würden, müßte man den ganzen jüdischen Humor abschaffen. Dadurch ginge der Menschheit wertvollstes Kulturgut verloren. Wer nichts witzig findet, sondern, wenn er etwas humorvoll Gemeintes hört, mit Grabesstimme erklärt, daß er das nicht witzig finden könne, der hat in der Regel keinen Witz. Ihm fehlt das Organ dafür. Man lasse ihn so, wie er ist und sich selber nicht ins Bockshorn jagen und sich in die selbstquälerische Verfassung bringen, die in dem Spottlied

ihren Ausdruck findet: »Oh Salems Jäger, hetzt zur Stund', mich Sündensau mit Gnadenhund. Zieht mir das Gnadenhemmed an, dann bin ich herrlich angetan.«
Im folgenden werden jeweils Lebenssituationen beschrieben und hierzu passende Witze angeführt: Meine Darstellung ist beispielhaft und nicht abschließend. Der verehrte Leser sei aufgefordert, selber zu überlegen, welche Situation zu einem Witz und welcher Witz zu einer Situation paßt. Die Witze habe ich in meinem langen Verwaltungsdasein gehört und notiert. Ich gehe davon aus, daß diejenigen, von denen ich sie gehört habe, sie ihrerseits irgendwo gehört hatten. Es sind auch sehr alte Witze in

Der kleine Redner der große Redner

meiner Sammlung enthalten, solche, die meine Eltern bereits erzählt hatten, aber diese müssen festgehalten und der Jugend übermittelt werden, damit die Erinnerung an sie nicht mit der alten Generation stirbt.
Recht besehen, gibt es fast keine neuen Witze, sondern nur alte Witze in neuer Kostümierung.
Auf erotische Witze habe ich weitgehend verzichtet, nicht aus Prüderie, sondern weil ich ein Schwabe bin und weil die Schwaben die Erotik in das Grobe und Unappetitliche verdrängt haben. Bei Kraftausdrücken bin ich weniger zurückhaltend. Auch auf den schwarzen Humor habe ich nicht verzichtet.
Danksagungen: Unter dieser Rubrik müßte ich eine lange Liste aufführen. Das tue ich nicht, aber einige nenne ich, teils beim Namen, teils nicht: Meinen Freund Ulrich Weber, einige deutsche, amerikanische, französische und schweizerische Freunde, einen Dekan, einen befreundeten Generalkonsul, den früheren Stuttgarter Rechtsreferenten Herbert Roth, meine früheren Sekretärinnen und nicht zuletzt den Landesrabbiner Joel Berger, dem ich versprochen habe, die Witze 15 und 128 nur mit Quellenangabe weiter zu erzählen.

Gedanken im Witz

Der energische Redner

Dem Papier mehr glauben als dem Leben

1 Ein Fabrikant war gestorben, welcher der Bundeswehr verbunden war. Der örtliche Kommandeur beauftragt einen Leutnant, einen Kranz zu besorgen. Er übergibt diesem einen Zettel und sagt: »Tun Sie das, was auf diesem Zettel steht, und nichts anderes.« Am Tage der Beerdigung erscheinen zwei Soldaten mit einem Kranz. Auf der einen Schleife steht zu lesen: »Ruhe sanft auf beiden Seiten«, auf der anderen: »Auf Wiedersehen, wenn der Platz noch reicht.«

2 Ein Herr war aufgrund einer Vorladung vor dem Amtsrichter in Frauenkleidern erschienen. Der Amtsrichter sagte: »Ich bin ja allerhand gewohnt, aber den Aufzug, in dem Sie hier vor mir stehen, empfinde ich als Unverschämtheit.« Daraufhin der Herr: »Herr Richter, Sie haben mir das selber aufgetragen. Sie haben mir geschrieben: ›Sie werden gebeten, in Sachen ihrer verstorbenen Frau Mutter zu erscheinen.‹«

3 Ein Zug fährt in den Bahnhof ein. Ein Reisender spuckt aus dem Zug direkt auf die Mütze des Bahnhofsvorstehers. Dieser sagt: »Da haben Sie aber Glück gehabt, daß Sie meine Mütze getroffen haben. Sonst hätten Sie 5 Mark zahlen müssen wegen Verunreinigung des Bahnsteiges.

Mißverständnis durch Amts- und Fachsprache

4 Eine junge Frau wird zum Vormundschaftsgericht in einer Kindschaftssache vorgeladen. Sie bringt ihre jüngere Schwester mit. Der Richter prüft die Personalien und fragt die jüngere Schwester: »Haben Sie auch eine Ladung gekriegt?« Daraufhin diese: »Nein, mich hat er nur in den Hintern gezwickt.«

Durch Nichtstun erfolgreich

5 Ein Herr schreibt an das Ministerium für Landwirtschaft: »Ich habe gehört, daß man durch Nichtaufzucht von Schweinen Geld verdienen kann. Ich bitte um nähere Auskünfte. Ich möchte auch in dieses Geschäft einsteigen und mit der Nichtaufzucht von hundert Schweinen beginnen. Gegebenenfalls bin ich bereit, mein Geschäft auf die Nichtaufzucht von tausend Schweinen auszuweiten.«

Ein Verhalten jeweils so umdeuten, wie es paßt

6 Der Großvater betrachtet mit seinem Enkel ein Photoalbum aus der Jugendzeit. Auf einem Bild steht der Großvater mit zum sogenannten »Deutschen Gruß« erhobenem Arm vor mehreren Menschen. Der Enkel fragt: »Opa, warum bist du der einzige, der den Arm hebt?« Darauf der Großvater: »Das war eine schwere Zeit, ich hab' damals gesagt: ›Leut', Leut', so geht es nicht!«

Ohne Nachzudenken tätig werden

7 Auf dem Stuttgarter Bahnhof, Gleis 11, steht ein vierschrötiger Bahnbeamter. Der Zug nach Karlsruhe fährt gerade ab. Da kommen drei Männer, mit Koffern beladen, auf den Bahnsteig gerannt. Der Beamte packt zwei von ihnen, schiebt sie in den Zug, wirft die Koffer hinterher und sagt zum dritten: »Schade, bei Ihnen hat es mir nicht mehr gereicht.« Dieser erklärt: »Eigentlich habe bloß ich verreisen wollen, die anderen haben mich nur zum Bahnhof gebracht.«

8 Ein Motorradfahrer zieht als Schutz gegen den kalten Wind seine lederne Motorradjacke verkehrt herum an. Er verunglückt. Menschen stehen um ihn herum. Die Polizei erscheint an der Unfallstelle. Der Verunglückte liegt da. Die Polizei erkundigt sich, ob er etwas gesagt oder ob er sich bewegt hätte. Einer erklärt: »Am Anfang schon, aber seitdem wir ihm den Kopf zurecht gerückt haben, seitdem sagt er nichts mehr.«

9 Ein Herr hat an beiden Ohren Brandwunden. Der Arzt fragt ihn: »Wie ist denn das passiert?« Der Patient: »Ich habe gerade meine Hose gebügelt, da läutete plötzlich das Telefon, und ich habe aus Versehen das Bügeleisen an mein Ohr gehalten.« Der Arzt: »Und das andere Ohr?« Der Patient: »Das ist passiert, als ich das Rote Kreuz angerufen habe.«

Wenn schon Verstellung, dann konsequent

10 Ein junger Mann, der zur Musterung vorgeladen ist, stellt sich blind. Er tut dies so gut, daß der Arzt ihm glaubt und ihn für untauglich erklärt. Hocherfreut geht er am Abend in das Kino. Da setzt sich neben ihn ein Herr, den er als den Musterungsarzt erkennt. Geistesgegenwärtig fragt er diesen: »Entschuldigen Sie, mein Fräulein, bin ich hier in der S-Bahn nach Feuerbach?«

11 Der Chefarzt eines Militärhospitals erkundigt sich bei der Oberschwester, ob in der Nacht etwas Besonderes los gewesen sei. Die Oberschwester: »Nein, Herr Doktor, nur der Simulant von Zimmer 13 ist gestorben.«

Verteilungsgerechtigkeit

12 Eine Mutter geht mit ihrem kleinen Sohn in eine Vorstellung des Filmes »Ben Hur«. Die Christen stehen zitternd in der Arena. Die Gatter gehen hoch. Die hungrigen Löwen stürzen sich auf die Christen, zerreißen sie und fressen sie. Da fängt der Sohn furchtbar an zu brüllen. Die Mutter verläßt mit ihm sofort die Vorstellung: »Gell Kind, das war zuviel für dich.« Der Knabe: »Nein, Mutter, aber der kleinste Löwe hat keinen Christen gekriegt.«

Umsicht in Geldsachen

13 Ein Mitarbeiter: »Herr Direktor, unser Kassier ist nicht da.« Der Direktor: »Sehen Sie mal gleich im Kassenschrank nach.« Der Mitarbeiter: »Habe ich schon, da ist er auch nicht.«

14 Eine Dame hebt bei der Bank einen größeren Betrag ab. Der Kassier zählt ihr vor: »Fünfhundert, sechshundert, siebenhundert.« Da unterbricht ihn die Dame: »So ist's schon recht. Wenn es bislang gestimmt hat, wird der Rest auch vollends stimmen.«

15 Ein polnischer Graf will von einem jüdischen Geschäftsmann 5 000 Zloty ausleihen. Der Kaufmann verspricht, sie zu bringen. Aber er kommt nicht. Der Graf fragt ihn: »Warum kamst du nicht?« Der Kaufmann: »Als ich bin gekommen, um das Geld zu bringen, hat Ihr Hund so furchtbar gebellt. Da habe ich mir gedacht, wie wird der Hund erst bellen, wenn ich komme, um es wieder zu holen?«

16 Eine Dame erscheint in der Sparkasse: »Ich möchte mein ganzes Konto abheben.« Es wird ihr ausgezahlt. Dann sagt sie: »Jetzt zahle ich es wieder ein, ich wollte nur einmal nachprüfen, ob das Geld noch da ist.«

17 Karl zu seinem Freund Max: »Dauernd will meine Frau Geld von mir!« Max: »Was macht sie denn mit dem vielen Geld?« Karl: »Ich weiß es nicht. Ich habe ihr noch keines gegeben.«

18 Maier: »Was würden Sie als erstes tun, wenn jemand Ihnen tausend Mark schenkt?« Müller: »Nachzählen!«

Richtig rechnen

19 Ein Lehrer zu seiner Klasse: »Ihr seid so schlecht im Rechnen, ich glaube, siebzig Prozent der Klasse fallen durch. Ein Schüler meldet sich: »So viele sind wir ja gar nicht!«

20 Ein Schüler kommt stolz nach Hause: »Heute war ich im Rechnen der Beste.« Hast du das richtige Ergebnis herausbekommen?« – »Nein, aber meine Schätzung kam dem Ergebnis am nächsten.«

21 Ein Schüler kommt nach Hause: »Heute haben wir schwierige Rechenaufgaben gelöst, zum Beispiel sieben mal acht sind achtundfünfzig.« – »Aber das sind doch sechsundfünfzig!« – »Das hat unser Lehrer auch gesagt, aber die Mehrheit der Klasse hat anders entschieden.«

22 Rechnen in der Grundschule. Aufgabe: Ein Bauer erntet 33 Zentner Kartoffeln, 12 Zentner verkauft er, 6 Zentner braucht er für die Aussaat, 2 Zentner ißt er selber, wieviel Zentner bleiben für die Schweine übrig? Rechnen in der integrierten Gesamtschule: Die gleiche Aufgabe mit dem Zusatz, unterstreiche »Kartoffeln« und rede mit deinem Nachbarn darüber.

23 Mengenlehre: Wenn aus einer Kasse, in der 200 Mark sind, 300 entnommen werden, müssen erst wieder 100 Mark in die Kasse hineingetan werden, damit nichts in der Kasse ist.

24 Mengenlehre: Wenn aus einem Raum, in dem zwei Leute drin sind, drei Leute hinausgehen, muß erst wieder einer hineingehen, damit niemand im Raum ist.

25 Ein Lehrer stellt seinen ABC-Schützen folgende Aufgabe: Ein Mann wird von einem Hund gebissen und springt vor Schmerz 30 cm hoch. Wie hoch wäre er gesprungen, hätten ihn zwei Hunde gebissen?

26 Ein Rechenlehrer trifft seinen früheren Schüler, der ihm wegen seiner schlechten Leistungen in Erinnerung geblieben ist. Aus dem Schüler ist ein erfolgreicher Geschäftsmann geworden. Nach der Ursache seines Erfolges gefragt, sagt dieser: »Ich stelle Kisten her. Das kostet mich drei Mark. Ich verkaufe sie um fünf Mark. Und von den zwei Prozent lebe ich einigermaßen.«

27 Quiz im Fernsehen. Der Quizmeister fragt den Kandidaten: »Wieviel sind sechs mal sechs?« Der Kandidat: »Vierunddreißig.« Der Quizmaster: »Schade, beinahe hätten Sie es herausgebracht.« Da ruft das Publikum: »Gib ihm noch eine Chance!« Der Quizmaster: »Gut, wieviel sind fünf mal fünf?« Der Kandidat: »Siebenundzwanzig!« Der Quizmaster: »Schade, schon wieder knapp verfehlt!« Das Publikum: »Gib ihm noch eine Chance!« Der Quizmaster: »Gut, wieviel sind vier mal vier?« Der Kandidat: »Sechzehn!« Das Publikum: »Gib ihm noch eine Chance, gib ihm noch eine Chance!«

Rechnungsprüfung, Revision

28 Ein Betriebsprüfer kommt zu einem Kaufmann und fragt ihn: »Haben Sie keine Buchhaltung?« Der Kaufmann: »Früher habe ich eine gehabt, aber sie hat sich nicht bewährt.«

Erfolglos, aber beruhigend

29 Ein Herr kommt zu einem Apotheker und flüstert diesem ins Ohr: »Ich mache dauernd in die Hose. Haben Sie mir kein Mittel dagegen?« Der Apotheker gibt ihm aus Versehen ein Beruhigungsmittel. Nach ein paar Tagen kommt der Mann wieder in die Apotheke. Der Apotheker fragt: »Ist es besser oder passiert es noch?« Der Herr: »Es passiert schon noch, aber ich rege mich nicht mehr darüber auf.«

Eselsbrücken oder das nachlassende Gedächtnis

30 Ein Fremder fragt auf dem Schillerplatz einen Einheimischen: »Entschuldigen Sie, ist das der Kupferplatz?« Der Einheimische: »Nein, das ist der Schillerplatz.« Der Fremde: »Dann bin ich richtig. Habe ich gedacht an Schiller, habe ich gedacht an Lessing. Habe ich gedacht an Lessing, habe ich gedacht an Messing. Habe ich gedacht an Messing, habe ich gedacht an Kupfer.«

31 Zwei alte Herren unterhalten sich über den Gartenzaun hinweg. Der eine sagt: »Mein Namengedächtnis läßt stark nach.« Der andere sagt: »Mir sind auch keine Namen mehr eingefallen, aber letzte Woche war ich bei einem Doktor, der hat mir ein paar Tips gegeben, und jetzt fallen mir die Namen wieder ein.« Der andere: »Wie heißt der Doktor?« Der andere: »Warte einen Moment. Wie heißt die schöne Blume, rot oder gelb oder weiß, mit einem langen Stengel, mit Dornen dran?« Der eine: »Meinst du vielleicht eine Rose?« Der andere: »Richtig.« Er wendet sich zum Küchenfenster seines Hauses und ruft: »Rosa, wie heißt der Arzt, bei dem ich letzte Woche gewesen bin?«

Durch Wissenschaft verwirrt

32 Eine Studentin geht zu ihrem Professor: »Sie haben mich in ihrer Vorlesung völlig verwirrt.« Der Professor empfiehlt der Studentin einige Bücher. Nach ein paar

Monaten trifft der Professor die Studentin wieder und fragt: «Sind Sie immer noch verwirrt?« Die Studentin: »Ja, aber auf einem viel höheren Niveau.«

33 Eine Studentin beschwert sich bei ihrem Professor: »Alles, was ich je geglaubt habe, haben Sie zerstört. Sie haben mir aber nichts gegeben, was an seine Stelle treten könnte.« Der Professor: »Herkules wurde beauftragt, die Ställe des Augias zu reinigen, nicht sie aufzufüllen.«

Unbewußt richtig

34 Was ist ein Vakuum? Ich habe es im Kopf, kann es aber nicht sagen.

Auch ohne Lösung erfolgreich

35 Ein Handwerker und ein Professor begegnen sich auf einer Bahnfahrt. Um sich die Zeit zu vertreiben, beschließen sie, sich gegenseitig Rätsel aufzugeben. Damit der

Bildungsunterschied ausgeglichen wird, soll der Handwerker, wenn er es nicht herausbringt, 10 DM zahlen, der Professor aber 30. Der Handwerker fängt an: »Was ist das, es ist sieben Meter lang, zwei Meter breit, hat vier Flügel und summt?« Der Professor zerbricht sich den Kopf, bringt es nicht heraus und gibt sich geschlagen: »Was ist es?« Der Handwerker sagt: »Ich weiß es auch nicht, ich bekomme 20 Mark.«

Reichtum ist ein relativer Begriff

36 Ein Schwabe betritt die Schalterhalle einer Schweizer Bank und sagt mit flüsternder Stimme zu einem Angestellten: »Kann man hier Geld anlegen?« Der Angestellte: »Um wieviel handelt es sich?« Der Schwabe flüstert: »Um zwei Millionen Franken!« Der Angestellte: »Sie können ruhig laut reden. Armut ist in der Schweiz keine Schande.«

Reinen Tisch machen

37 Nach der Hochzeitsnacht sagt eine Dame zu ihrem Ehemann: »Du, ich muß dir ein Geständnis machen. Ich bin vollkommen farbenblind.« Der Ehemann: »Dann muß ich dir auch etwas gestehen. Ich stamme nicht aus Bad Cannstatt, sondern aus Kamerun.«

Allgemeine Mißverständnisse

38 Der Arzt sagt zur Ehefrau: »Ihr Mann gefällt mir gar nicht.« Die Ehefrau: »Mir gefällt er auch nicht, aber die Kinder hängen so an ihm.«

39 Der Arzt sagt zu einer alten Patientin: »Sie gefallen mir gar nicht.« Die Patientin ist eingeschnappt und meint: »Herr Doktor, Sie sind auch nicht gerade der Schönste.«

40 Parkbank. Alte Frau. Neben ihr ein Jüngling, der Kaugummi kaut. Die Frau: »Wenn Sie so leise reden, verstehe ich Sie nicht.«

41 Reisegesellschaft. Ein Herr sinkt todmüde ins Bett. Aus dem Nebenzimmer dröhnt durch die Wand hindurch ein lautes Schnarchen. Er klopft an die Wand. Er hämmert an sie. Vergebens. Am nächsten Morgen bemerkt er, daß das Nachbarzimmer von einer Dame bewohnt ist. Er fragt sie: »Haben Sie mein Klopfen heute nacht nicht gehört?« Daraufhin die Dame: »Doch, doch, aber ich war so furchtbar müde. Sonst wäre ich schon noch rüber gekommen.«

Vorsorglich

42 Ein Mann eilt zum Bahnhof. Die Fußgängerampel ist rot. Er fragt einen Polizisten: »Herr Wachtmeister, ich bin in Eile. Darf ich bei rot über die Straße?« Der Wachtmeister: »Ja, aber heben Sie

Ihre Arme hoch!« Der in Eile befindliche Mann: »Weshalb?« Der Wachtmeister: »Damit man Ihnen im Krankenhaus leichter das Hemd ausziehen kann.« *Variante:* »Damit man Sie leichter unter dem Auto hervorziehen kann.«

Schlechter Ausgleich

43 Ein Bub ruft: »Vater, sieh mal dort, der Mann hat einen zu kurzen Fuß.« Der Vater: »Sei ruhig, dafür ist der andere um so länger.«

Integration und Synergieeffekt

44 Ein Mann stirbt, der aufgrund seines Lebenswandels nicht hoffen konnte, in den Himmel zu kommen. Aber siehe da, Petrus heißt ihn willkommen. Als er sich gerade an die erfreuliche Überraschung gewöhnt hatte, kommt plötzlich der Teufel und tritt ihn in den Hintern. Sofort beklagt er sich bei Petrus: »Ich dachte, ich

bin hier im Himmel. Was tut der Teufel hier?« Petrus antwortet resigniert: »Lieber Freund, Himmel und Hölle, das haben wir schon lange nicht mehr. Wir haben jetzt das integrierte Gesamtjenseits.«

Glück durch Unglück

45 Eine Frau erzählt: »Mein Mann ist ein Glückspilz. Vor drei Tagen hat er eine Unfallversicherung abgeschlossen, und gestern ist er von einem Lastkraftwagen überfahren worden.«

46 Unfall beim Holzfällen. Einer wird erschlagen, der andere entkommt. Die Gattin des Überlebenden trifft die Witwe: »Wie geht es Ihnen denn?« Die Witwe: »Nicht schlecht, ich bekomme eine Rente von 3000 DM im Monat. »Die Gattin des Überlebenden: »Und mein Dackel (hochdeutsch: Rindvieh) ist davongesprungen!«

47 Freundinnen unterhalten sich. »Wie hast Du eigentlich Deinen zweiten Mann kennengelernt?« – »Auf die allerromantischste Weise. Er war der Fahrer des Autos, das meinen ersten Mann überfahren hat.«

Kosten-Preis-Verhältnis

48 Volksfest. Ein Wirt verkauft Erbsensuppe für drei Mark den Teller. Plötzlich kommt mit der Suppenkelle ein Spüllappen zum Vorschein. Die Gäste sind empört. Doch der Wirt ruft: »Für drei Mark den Teller kann ich keine seidenen Unterröcke in die Suppe hinein schneiden.«

Grenzen der Technisierung

49 Die Hausfrau kündigt dem Dienstmädchen: »Es tut mir leid, aber wir brauchen Sie nicht mehr. Wir haben für alles, was Sie tun, Maschinen.« Das Dienstmädchen: »Da wird sich Ihr Gatte aber schwer umstellen müssen.«

Vorbildliche Gesetzestreue

50 Die Polizei beobachtet, daß ein kleiner Lastkraftwagen alle paar Kilometer anhält, der Fahrer aussteigt und mit der Stange gegen die Plane schlägt. Sie stellt den Fahrer zur Rede. Dieser erklärt: »Ich habe fünf Tonnen Kanarienvögel dabei, wenn nicht ständig zwei Tonnen in der Luft sind, ist mein Fahrzeug überladen.«

Praktisch gedacht

51 Ein Mann zappelt im Neckar und ruft: »Hilfe, ich ertrinke. Ich kann nicht schwimmen.« Ein anderer steht am Ufer und ruft: »Wie heißen Sie?« Der Ertrinkende: »Kräutle, Hilfe!« Der Mann am Ufer: »Wo wohnen Sie?« Der Ertrinkende: »Cannstatt, Badstraße.« Der Mann am Ufer: »Welche Hausnummer?« Der Ertrinkende mit letzter Kraft: »Vier.« Der Mann am Ufer: »Vielen Dank, ich suche schon lange eine Wohnung.«

Auf den eigenen Standort kommt es an

52 Ein Mann zappelt im Neckar und brüllt: »Hilfe, ich kann nicht schwimmen.« Ein anderer steht am Ufer und ruft zurück: »Ich kann auch nicht schwimmen, aber mache ich deshalb so ein Geschrei?«

Sachwert vor Menschenleben

53 Ehestreit I. Er ist verzweifelt und ruft aus: »Jetzt habe ich genug. Ich erschieße mich.« Darauf sie: »Aber gehe hinaus in die Küche, ich möchte nicht die ganze Sauerei im Wohnzimmer haben.«

54 Ehestreit II. Sie packt den Waldi und ruft: »Jetzt stürzen wir uns aus dem Fenster.« Er: »Halt, der Hund bleibt hier.«

55 Ehestreit III. Er brüllt: »Jetzt gehe ich in den Wald und hänge mich auf.« Daraufhin sie: »Aber nicht in deinem Sonntagsanzug.«

Gesetzesbrecher

56 Ein LKW nähert sich einer Bahnunterführung. Der Fahrer sagt: »Mist, nur 2,80 m zugelassen, wir sind aber 3,20 m hoch. Der Beifahrer: »Siehst du irgendwo einen Polizisten?«

Riskante Gleichbehandlung unterschiedlicher Verhältnisse

57 Ein Mann erscheint im Patentamt. »Ich habe eine Haarschneidemaschine erfunden.« Der Beamte: »Aber die Köpfe sind doch unterschiedlich groß.« Der Erfinder: »Vorher schon.«

Zu optimistische Einschätzung der eigenen Lage

58 Krankenhaus. Ein sehr kranker Patient wird durch das Wimmern, Jammern und Stöhnen seines Zimmergenossen arg gestört. Er läutet nach der Schwester und

fragt sie: »Der Mann stirbt ja. Haben Sie denn kein Sterbezimmer?« Die Schwester: »Selbstverständlich, wo glauben Sie, daß Sie sind?«

Der Irrtum in der Politik

59 Ein prominenter Wahlkämpfer ist im offenen Wagen unterwegs. Er sieht, wie eine Frau mit Blumen in der Hand am Straßenrand steht, läßt sofort halten, steigt aus, nimmt die Blumen, schüttelt der Frau die Hand, steigt ein und fährt weiter. Daraufhin die Frau: »Ich bin froh, daß er mir wenigstens die Gießkanne gelassen hat. Ich wollte nämlich auf den Friedhof.«

60 Der Entwicklungshilfeausschuß fährt nach Schwarzafrika und kommt in ein Dorf, wo ein Projekt finanziert werden soll. Alle Einwohner sind versammelt. Der Vorsitzende redet: »Wir gehören alle einer Welt an.« Die Menge ruft: »Goukra.« »Wir sind gekommen, um

euer Leben zu verbessern.« Die Menge: »Goukra, Goukra.« Das Mittagessen findet statt. Der Vorsitzende spricht erneut und schließt seine Ausführungen mit dem Wort: »Goukra.« Die Anwesenden brüllen vor Begeisterung: »Goukra.« Dann findet ein Rundgang durch das Dorf statt. Überall der Ruf: »Goukra.« Der ganze Ausschuß freut sich. Da sagt der Dolmetscher zum Vorsitzenden: »Passen Sie auf und treten Sie nicht in die Goukra.«

61 Ein frisch in das Amt gekommener Minister fährt dienstlich nach Afrika und ist abends bei seinem Kollegen eingeladen. Er sagt dort einige freundliche Worte, die aber keine Reaktion auslösen. Da erhebt sich ein ihm bis dahin unbekannt gebliebener Mann und spricht in der fremden Sprache. Rauschender Beifall. Mißmutig applaudiert auch er. Da flüstert ihm der deutsche Botschafter in das Ohr. »Man applaudiert nicht, wenn die eigene Rede übersetzt wird.«

Die gute und die schlechte Nachricht

62 Der Arzt betritt das Krankenzimmer. »Ich habe eine gute und eine schlechte Nachricht für Sie. Welche wollen Sie zuerst hören?« Der Patient: »Die schlechte«. Der Arzt: »Ich muß Ihnen beide Beine abnehmen.« Der Patient: »Um Gottes willen, und welches ist dann die gute?« Der Arzt: »Im Nebenzimmer liegt einer, der ist am Erwerb Ihrer Schuhe interessiert.«

63 Ein Vater besucht die Hochschule, wo der Sohn studiert. Der Rektor bittet ihn beiseite und sagt: »Ich habe eine gute und eine schlechte Nachricht. Welche wollen Sie zuerst hören?« Der Vater: »Die schlechte.« Der Rektor: »Ihr Sohn ist schwul.« Der Vater: »Um Gottes willen, und was ist die gute?« Der Rektor: »Er ist gestern nacht zur Maikönigin gewählt worden.«

64 Der Arzt zu seinem Patienten: »Ich habe eine gute und eine schlechte Nachricht für Sie. Welche wollen Sie zuerst hören?« Der Patient: »Die schlechte.« Der Arzt: »Sie haben Alzheimer.« Der Patient: »Um Gottes willen, und was ist die gute?« Der Arzt: »Bis Sie wieder zu Hause sind, haben Sie alles vergessen.«

Verlust an Bildung

65 Der alte Gesundheitsminister hat noch gewußt, wie man Hämorrhoiden schreibt, der neue weiß nur noch, wo sie sind.

66 Der Vater zu seinem Sohn: »Was du weißt, kann dir niemand nehmen. Der Sohn: »Was ich nicht weiß, kann mir auch niemand nehmen!«

67 Die Mutter zu ihrem Jüngsten: »Ich kann rufen, so oft ich will. Du hörst nicht. Was soll nur einmal aus dir werden?« Der Sohn: »Kellner.«

Der praktische Erfolg zählt

68 Ein Pfarrer und ein Busfahrer erscheinen gleichzeitig am Himmelstor. Petrus fertigt zunächst den Busfahrer und dann erst den Pfarrer ab. Der Pfarrer beschwert sich: »Ich habe mein ganzes Leben lang von Gott gesprochen und nun wird diesem Busfahrer der Vortritt eingeräumt.« Petrus sagt: »Mein lieber Freund, wenn du von Gott gesprochen hast, sind alle eingeschlafen. Aber wenn der seinen Bus gefahren hat, haben alle Fahrgäste zu Gott gebetet.«

Fehler bei Buchung und Auszahlung

69 Ein Handwerker stirbt mit fünfzig, kommt in den Himmel und beschwert sich bei Petrus, daß er so früh hat sterben müssen. Petrus sieht in den Akten nach und sagt: »Mein lieber Herr, aus Ihren Aufschrieben und Rechnungen ergeben sich so viele Arbeitsstunden, daß Sie mindestens achtzig Jahre alt sein müssen.«

70 In der Wehrmacht. Der Sold wird ausgezahlt. Die Soldaten sind angetreten. Der Unteroffizier ruft die Namen auf: »Schmidt.« »Hier!« »Schmitz.« »Hier!« »Taugwalder.« »Hier!« »Übertrag.« – Schweigen, niemand meldet sich. Der Unteroffizier ruft noch mal: »Übertrag!« und meint: »Komisch, der Mann ist nicht hier, dabei bekommt er das meiste Geld!«

Fragen des Protokolls und der Lebensart

71 In einer Fraktion im Landtag gilt die Regel, die Abgeordneten werden nach dem Alphabet so gesetzt, daß A vorne und Z hinten sitzt. Ein Abgeordneter namens »Schlauer« ist damit nicht zufrieden und beschwert sich beim Fraktionsvorsitzenden. Dieser sagt: »Du solltest eben »A...« heißen, dann könntest du vorne sitzen.«

72 Im Kaiserreich. Diplomatenempfang in einem Fürstentum auf dem Balkan. Die Fürstin ist bekannt dafür, daß sie gelegentlich Winde fahren läßt. Das geschieht. Der französische Botschafter sagt charmant: »Excusez-moi, votre Altesse!« Das ärgert den deutschen Botschafter und er ruft: »Die nächsten zwei Fürze übernimmt die deutsche Reichsregierung!«

73 Ein junges Mädchen, das längere Zeit in Stuttgart war, kehrt wieder zurück in ihr Dorf. Dort wird sie von einem Bekannten gefragt, was sie denn in Stuttgart gelernt hätte. Sie antwortet: »Bildung und feine Lebensart, du Dackel.«

74 Ein Vereinsvorsitzender gratuliert einem Mitglied zum Geburtstag mit folgenden Worten: »Der Vorstand hat bei zwei Gegenstimmen und drei Enthaltungen beschlossen, dir zum Geburtstag zu gratulieren.«

75 Ein Bauarbeiter verunglückt tödlich. Ein Kollege soll die Unglücksbotschaft der Witwe überbringen. Er ruft im Hauseingang: »Wohnt hier die Witwe Maier?« Frau Maier antwortet: »Maier heiße ich schon, aber ich bin keine Witwe!« Der gemütvolle Kollege: »Wollen wir wetten?«

76 Hierarchie. Ein Leutnant in der Kaiserzeit belehrt seinen Zug. Der deutsche Soldat sei der sauberste der Welt. Soldaten wechseln einmal in der Woche das Hemd, Unteroffiziere zweimal, Offiziere dreimal. »Noch eine Frage?« Ein Soldat meldet sich. »Herr Leutnant, wie oft wechseln Seine Majestät der Kaiser das Hemd?« Der Leutnant: »Mein lieber Mann, bei Seiner Majestät, dem Kaiser, da geht es den ganzen Tag: Hemd an, Hemd aus, Hemd an, Hemd aus.«

77 Karl schickt seiner Freundin ein Telegramm: »Ich liebe Dich, ich liebe Dich, Karl.« Der Angestellte bei der Post, der das Telegramm entgegennimmt, sagt

ihm: »Sie haben noch drei Wörter frei!« Daraufhin Karl: »Fügen Sie bitte hinzu: Mit vorzüglicher Hochachtung!«

78 Ein Taxifahrer, der eine Ordensschwester fährt, behindert einen Kollegen. Dieser dreht die Scheibe herunter und brüllt: »Paß doch auf mit deiner Schlampe!« Der andere dreht ebenfalls die Scheibe herunter und ruft: »Meine Schlampe scheißt auf dich!« Dann wendet er sich an die Ordensschwester und sagt: »Gell, Schwester, dem haben wir es aber gegeben!«

Ratenweise Bekanntgabe der Wahrheit

79 Ein Gutsbesitzer telefoniert mit seinem Verwalter: »War etwas los?« »Der Hund ist gestorben.« »Warum?« »Weil das Pferd ihn getreten hat.« »Warum denn das?« »Weil der Stall gebrannt hat.« »Wie kam es zu dem Brand?« »Durch Funkenflug.« »Woher kamen die Funken?« »Von Ihrem Wohnhaus.« »Wie ist denn das in Brand geraten?« »Eine Kerze

ist umgefallen.« »Wo um Himmels willen ist denn die umgefallen?« »Am Sarg Ihrer Frau.«

Ungewollte oder unwillkommene Hilfsbereitschaft

80 Pfadfinder sollen jeden Tag eine gute Tat vollbringen. Eine Gruppe von Pfadfindern sagt: »Wir haben eine alte Frau über die Straße gebracht.« Der Führer der Pfadfinder: »Hat man dazu euch alle gebraucht?« Die Gruppe: »Ja, die Frau wollte nämlich nicht.«

81 Ein Pfadfinder nennt als seine gute Tat: »Ich habe meinen Hund auf eine alte Frau gehetzt.« »Das ist doch keine gute Tat!« »Doch, sonst hätte sie die Straßenbahn nicht mehr bekommen.«

Zu viel verlangt

82 Im Nudistencamp. Ein Herr fragt den Kellner: »Warum sprechen Sie so undeutlich?« Der Kellner: »Und wo soll ich mein Wechselgeld aufbewahren?«

83 Auf dem Volksfest. Bierzelt. Ein Herr bestellt ein Brötchen. Nach geraumer Zeit bringt die Kellnerin dieses. Der Herr sagt: »Pfui Teufel, das ist ja ganz feucht!« Die Kellnerin: »So geht's wirklich nicht! In jeder Hand fünf Bierkrüge, unter dem Arm zwei Brötchen und nicht einmal schwitzen dürfen!«

84 Tierhandlung. Der Verkäufer preist die Qualitäten eines Papageien an. Wenn man das Bändchen am linken Fuß ziehe, dann sage er »Guten Morgen« und wenn man das am rechten Fuß ziehe »Guten Abend«. Der Kunde: »Und wenn ich an beiden Bändchen ziehe?« Der Papagei: »Dann falle ich auf die Schnauze, du Idiot.«

Wenn der Verstoß gegen die Regel zur Regel wird

85 Ein Taxifahrer bringt einen Fahrgast zum Flugplatz. Er überfährt alle roten Ampeln. Plötzlich ist eine Ampel grün. Der Taxifahrer bremst scharf. Der Fahrgast fragt: »Warum bremsen Sie bei grün, aber nie bei rot?« Der Taxifahrer: »Es könnte ja ein Kollege kommen.«

Juristischer Rat

86 Ein Taxifahrer muß feststellen, daß ein betrunkener Fahrgast in seinem Wagen einen Haufen hinterlassen hat. Er schreibt dem Juristen seines Verbandes und fragt, was er tun soll. Der schreibt nach drei Wochen zurück: »Nach unseren allgemeinen Geschäftsbedingungen können Sie Gegenstände von geringem Wert behalten, wenn binnen einer Woche nach Beendigung der Fahrt niemand auf sie Anspruch erhoben hat.«

87 Ein Ballonfahrer kommt in dichten Nebel und landet auf einer Wiese. Ein Spaziergänger nähert sich. Der Ballonfahrer fragt: »Wo befinde ich mich hier?« Der Spaziergänger: »Sie befinden sich in einem Ballon.« Der Spaziergänger war ein Jurist. Warum? Seine Antwort war absolut richtig und absolut unbrauchbar.

88 Zwei Richter sitzen in ihrem Büro. Da stürzt ein Mann herein und sagt zu einem von ihnen: »Ihr Hund hat meine Hose zerrissen, ich verlange Schadensersatz!« Der Richter fragt: »Wie viel?« Der Geschädigte: »Hundert Mark.« Der Richter zahlt. Der Mann geht. Der Kollege des Richters fragt: »Aber du hast doch gar keinen Hund, weshalb zahlst du?« Der Richter: »Weißt du, wie die Gerichte entscheiden?«

Unklare Führungsstruktur

89 Zwei Betrunkene fahren heim. Das Auto fährt mit kreischenden Reifen um die Kurven. Da sagt der eine: »Bist du verrückt, fahr doch nicht so schnell!« Der andere: »Wieso ich, ich dachte du fährst.«

Den einem zustehenden Platz behaupten

90 Ein Mann wird ständig aus einem Wirtshaus hinausgeworfen, rappelt sich wieder auf, versucht, doch hinein zu kommen, wird wieder hinaus geworfen. Ein Passant rät ihm: »Gehen Sie doch nicht in dieses Bumslokal. Haben Sie das nötig?« Der Mann: »Leider ja, ich bin der Wirt.«

91 In Polen in der kommunistischen Zeit. Eine lange Schlange steht schon früh morgens vor einem Laden. Da kommt ein kleines Männchen, geht an der langen Schlange vorbei und will offenbar als erster hinein. Da erwacht der Volkszorn. Das Männchen wird gepackt und zurück-

geschoben, bis es am Ende der Schlange steht. Doch das Männchen versucht es wieder. Erneut wird es gepackt, doch da ruft es aus: »Wenn ihr das noch einmal macht, mache ich den Laden heute überhaupt nicht auf.

Glaubensfragen

92 Zwei Pfarrer unterhalten sich. »Wie weit zählst du beim stillen Gebet?« »Bis dreißig.« »Das nenn ich Frömmelei.« »Ich zähle bloß bis zehn.«

93 Ein evangelischer und ein katholischer Pfarrer streiten sich in Glaubensdingen. Schließlich sagt der katholische Pfarrer: »Hören wir doch auf, uns zu streiten, schließlich dienen wir beide dem Herrn, Sie auf Ihre Weise und ich auf seine Weise.«

94 Drei Theologen diskutieren die Frage, wann das Leben beginnt. Der katholische Pfarrer sagt, mit der Zeugung. Der evan-

gelische meint, mit der Geburt. Der Rabbiner erklärt: »Wenn der Hund tot ist und die Kinder aus dem Haus sind.«

95 In der Wüste begegnet der Missionar einem Löwen. Er wirft sich auf die Knie und bittet Gott, dem Tier christliche Gedanken einzugeben. Daraufhin spricht der Löwe laut und deutlich: »Komm, Herr Jesus, sei unser Gast, und segne, was Du uns bescheret hast!«

96 Ein Witz für solche, die alles bewiesen haben wollen und es nicht ertragen können, daß es Dinge gibt, die weder bewiesen noch widerlegt und doch nachweisbar sinnvoll sind: Was ist Philosophie? Die Suche mit verbundenen Augen in einem abgedunkelten Raum nach einer schwarzen Katze. Was ist Metaphysik? Die Suche mit verbundenen Augen in einem abgedunkelten Raum nach einer schwarzen Katze, wenn gar keine Katze da ist. Was ist Religion? Die Suche mit verbundenen Augen in einem verdunkelten Raum nach einer schwarzen Katze, wenn gar keine

Katze da ist und der Suchende plötzlich ruft: »Ich habe sie gefunden!«

Bildungsort Museum

97 Ein Schulkind wurde nach einem Museumsbesuch der Klasse gefragt, welche Eindrücke es gewonnen hätte. Es antwortet: »Es ist halt schön, das alte Gelumpe.«

Unerwartete Erfolge einer Bemühung

98 Lourdes. Plötzlich ruft ein Rollstuhlfahrer aus: »Ein Wunder! Mein Rollstuhl hat neue Reifen!«

99 In der damaligen Sowjetunion. Ein Mann geht zu einem Arzt und fragt diesen, ob er ihm kein Mittel empfehlen könne, denn seine Frau stottere so schrecklich. Der Arzt gibt ihm eine Pille und sagt ihm: »Wenn Ihre Frau zu Hause ist, werfen Sie diese Pille in den Ofen, und dann stottert

Ihre Frau nicht mehr.« Nach einigen Monaten trifft der Arzt den Mann wieder und fragt: »Nun, wie hat meine Pille gewirkt?« Der Mann sagt: »Großartig, in dreifafafacher Hinsicht. Meine Frau stottottert nicht mehr, wir haben eine neue Wohnung, und ich brauche nicht mehr als Papaparteiredner aufzutreten.«

100 Der Patriarch einer großen Familie glaubt, man habe ihm seinen guten Regenschirm gestohlen und meint, es könne nur einer aus der Familie gewesen sein. Er bespricht die Sache mit dem Pfarrer. Dieser empfiehlt ihm, die zehn Gebote vorzulesen, wenn die ganze Familie versammelt ist und genau zu beobachten, ob bei dem Gebot »Du sollst nicht stehlen« einer zusammenzuckt. Wer zuckt, habe ihm den Schirm gestohlen. Nach einiger Zeit trifft der Pfarrer den Patriarchen und sieht zu seiner Freude, daß dieser seinen Regenschirm wieder hat. »Haben Sie also meinen Rat befolgt?« »Ja, aber es ist ganz anders gekommen.« »Wieso anders?« »Als ich zu

dem Gebot kam »Du sollst nicht ehebrechen« ist mir eingefallen, wo ich meinen Schirm habe stehen lassen.«

Lean administration

101 Ein Mann stirbt und wird im Friedhof aufgebahrt. Die Witwe kommt und klagt beim Friedhofpersonal: »Sehen Sie nur, wie ärmlich er da liegt. Und dabei hat er immer gehofft, in einem Smoking beerdigt zu werden.« Am nächsten Tag kommt die Witwe wieder, und siehe da, ihr Mann hat einen Smoking an. Sie erkundigt sich bei dem Friedhofpersonal, wie das möglich wurde. Sie erfährt, daß gestern ein Fabrikant, der keine Angehörigen habe, verstorben und in einem Smoking eingeliefert worden sei. Da habe man beschlossen, ihr einen Gefallen zu tun. Die Witwe meinte, das sei doch viel Arbeit gewesen, den Smoking aus- und wieder anzuziehen. Doch sie erhält zur Antwort: »Kein Problem. Wir haben bloß die Köpfe ausgetauscht.«

Nach dem Tode nützlich

102 Der Onkel ist gestorben und im Krematorium verbrannt worden. Die Verwandtschaft holt seine Asche ab. Was soll man mit der Asche machen? Schließlich wird beschlossen: Der kommt in der Küche in die Eieruhr, der soll noch etwas arbeiten.

103 Karl: »Ist eure Oma gestorben?« Franz: »Ja, schon vor drei Wochen. Wir haben sie aber noch eine Zeitlang hinter dem Fenster sitzen lassen wegen der Rente.«

Chance und Risiko

104 Ein alter Herr heiratet eine junge Frau. »Ob ich wohl noch Nachwuchs erhoffen kann?« »Nein, aber befürchten.«

Gutes zur Unzeit

105 Ein Patient sagt in der Sprechstunde: »Oh Herr Doktor, ich habe einen so fürchterlichen Stuhlgang. Jeden Morgen um halb sieben Uhr geht es los.« Der Arzt: »Sind Sie froh, andere leiden unter Verstopfung, die wären froh, wenn sie Stuhlgang hätten.« Der Patient: »Schon recht, Herr Doktor, aber ich wache immer erst um sieben Uhr auf.«

Sprachprobleme

106 Ein Liebespaar nachts im Park. Sie: »Was seufzt du?« Er: »Am liebsten Bier.«

107 Ein Sachse und ein Schwabe stehen vor dem Eiffelturm. Der Sachse: »Aus was fiern Maderjal is denn der?« Der Schwabe: »Aus Gußeise.« Der Sachse: »Aus Guhscheiße? Ja, hält denn das?«

108 An der Grenze. Der schwäbische Beamte fragt zwei Ausländer: »Gheret ihr zamme?« Einer von ihnen antwortet: »Nein, er kehren zusammen. Ich fahren Gabelstapler.«

109 Ein Schwabe bringt sein Auto in die Waschanlage. Der Garagenbesitzer sagt ihm: »Bleiben Sie in Ihrem Wagen und richten Sie sich nach den Schildern.« Plötzlich erscheint der Schwabe triefnaß. Der Garagenbesitzer ist entsetzt. »Was haben denn Sie gemacht?« Der Schwabe: »Da stand auf einem Schild »Gang raus« und da bin ich raus gegangen.«

110 Ein schwäbischer Reiseleiter kommt mit einer Reisegruppe in ein Pariser Nachtlokal. Die Empfangsdame fragt ihn: »Allemand?« Er versteht »alle Ma« und antwortet: »Nein, bloß ich.«

111 In der ehemaligen DDR. Ein Professor hält einen Vortrag über Karl Marx. Nach einer Stunde Diskussion meldet sich ein Arbeiter zu Wort: »Ich möchte nur eines wissen. Ist der Marx nun bewohnt oder nicht?«

112 Ein Deutscher in den USA. Restaurant. Er bestellt Hähnchen. Der Kellner versteht nicht so recht und fragt: »Chicken?« Der Deutsche: »Nein, hier essen.«

Sonstige Mißverständnisse

113 Veteranentreffen. Ein Großer und ein Kleiner gehen zum Pinkeln. Der Kleine kneift ständig die Augen zusammen. Der Große: »Auch verschüttet gewesen, Kamerad?« Der Kleine: »Nein, aber es spritzt so.«

114 Ein Mann sitzt ganz krumm und schief in der Straßenbahn. Ein Mitreisender fragt ihn: »Woher haben Sie das – Krieg?« Der Mann schüttelt den Kopf. »Unfall?« Der Mann schüttelt wieder den Kopf. »Ja, woher denn?« Der Verkrümmte mit trauriger Stimme: »Sommerschlußverkauf!«

115 Oberammergau. Festspiele. Der Hauptdarsteller erkrankt plötzlich. Für die Szene am Kreuz wird ein Ersatz

gesucht, der dem Hauptdarsteller möglichst ähnlich sieht. Aber es findet sich nur ein Gastarbeiter. Das mache nichts, meint die Regie, denn dieser solle nur sagen: »Es ist vollbracht.« Der Moment kommt. Der Gastarbeiter blickt in die Runde und ruft mit Donnerstimme: »Es ist prachtvoll!«

116 Ein Beamter nähert sich einem Minister. »Herr Minister, der Dollar ist gesunken!« Der Minister: »Hoffentlich konnte die Mannschaft gerettet werden.«

117 Ein Betrunkener will zusammen mit seiner Braut in einen Bus einsteigen. Der Fahrer wehrt sich: »Mit dem Affen kommen Sie hier nicht rein.« Der Betrunkene zu seiner Braut: »Das ist doch unglaublich. Der will dich nicht mitnehmen!«

118 Eine etwas kokette Dame geht zum Beichten: »Herr Pfarrer, ich bin eitel. Ich betrachte mich immer im Spiegel und finde mich sehr schön.« Der Pfarrer:

»Beruhigen Sie sich, meine Tochter. Das ist nicht schlimm. Das ist keine Sünde, sondern bloß ein Irrtum.«

119 In einer Boutique fragt eine Dame den Verkäufer: »Kann ich dieses Kleid da im Schaufenster anprobieren?« »Ich weiß nicht, ob das geht«, antwortet der Verkäufer, »warum probieren Sie das Kleid nicht in einer unserer Kabinen an?«

120 Ein Zuschauer bei einem Radrennen sagt zu seinem Freund: »Ich habe gar nicht gewußt, daß hier Krawattenzwang herrscht.« Der Freund: »Das ist keine Krawatte, das ist dessen Zunge!«

121 Ein junger Mann kommt mit der Bundeswehr nach Somalia. Nach vier Wochen schreibt er nach Hause: »Ich bin bereits HIV positiv.« Der Vater schreibt zurück: »Wir wissen zwar nicht, was das ist, aber das ganze Dorf ist stolz auf Dich.«

Rüstige Alte

122 Drei unterhalten sich. Der Erste: »Mein Großvater ist achtzig. Er macht noch die Kehrwoche und kauft ein.« Der Zweite: »Mein Großvater ist zweiundachtzig und geht noch zweimal in der Woche zum Sport.« Der Dritte: »Mein Großvater ist zweiundneunzig und steigt noch allen Frauen nach, aber er weiß nicht mehr warum.«

123 Ein sehr altes Paar erscheint beim Rechtsanwalt und erklärt: »Wir wollen uns scheiden lassen.« Der Anwalt meint: »In Ihrem Alter? Finden Sie nicht, daß das ungewöhnlich ist?« Das Ehepaar: »Wir haben uns nie leiden können, wir wollten nur warten, bis die Kinder tot sind.«

Experimenteller Beweis

124 Ein Lehrer will demonstrieren, wie Reibung Wärme erzeugt. Er fordert seine Klasse auf, fest die Hände zu reiben, und

fragt: »Was beobachtet ihr in euren Händen?« Einer meldet sich und sagt: »Kleine schwarze Würstchen.«

125 Ein Lehrer will demonstrieren, daß Alkohol schädlich ist. Er füllt ein Glas mit Schnaps und ein anderes mit Wasser. In beide Gläser legt er einen Wurm hinein. Der Wurm im Schnapsglas ist sofort tot. Der Wurm im Wasserglas hingegen windet sich und scheint sehr lebendig zu sein. Der Lehrer fragt seine Schüler: »Welche Erkenntnis gewinnt ihr aus diesem Experiment?« Einer meldet sich und sagt: »Wenn wir Würmer haben, müssen wir Schnaps trinken.«

Übertreibungen vermeiden

126 Ein Kind sagt zu seiner Mutter: »Da draußen sitzt ein Vogel, der so groß ist wie ein Hund.« Daraufhin die Mutter: »Ich habe dir zwanzigtausendmal gesagt, du sollst nicht so übertreiben.«

127 Ein Politiker macht nach einem Amerikaaufenthalt große Sprüche. Den Parteifreunden ist das peinlich. Eines abends hält er wieder eine Rede und fängt an: »In Amerika habe ich eine Sporthalle gesehen, die ist dreihundert Meter lang und zweihundert Meter breit und...« Da tritt ihm ein Parteifreund auf den Fuß, und er fährt fort: »...und drei Meter hoch.«

Personalangelegenheiten

128 Ukraine, vor dem Ersten Weltkrieg. Ein jüdischer Kaufmann gibt am Sabbat 5000 Rubel bei einem Rabbiner in Verwahrung. Der Rabbiner sagt, damit alles seine Ordnung habe, solle ein Mitarbeiter Zeuge der Übergabe sein. Er kommt. Das Geld wird übergeben. Am nächsten morgen will der Kaufmann die 5000 Rubel wieder haben. Der Rabbiner fragt: »Was für 5000 Rubel?« Der Kaufmann: »Die ich Ihnen gestern im Beisein Ihres Mitarbeiters übergeben habe.« Der Rabbi ruft den Mitarbeiter: »Hat mir dieser

Herr gestern 5000 Rubel übergeben?« Der Mitarbeiter sagt, er wisse von nichts. Der Kaufmann ist erschüttert und geht. Der Rabbi begleitet ihn und gibt ihm die 5000 Rubel zurück mit der Bemerkung: »Ich wollte nur mal zeigen, mit welchem Personal ich arbeiten muß.«

129 Vor einem alten Rathaus aus Fachwerk. Ein Bürger fragt einen anderen: »Wer arbeitet hier?« Der andere: »Auf jeden Fall das Holz.«

130 Der Chef einer Firma auf die Frage, wie viele bei ihm arbeiten: »Drei Viertel ungefähr.«

131 Der Chef einer Behörde zu einem Mitarbeiter: »Immer, wenn ich Ihr Zimmer betrete, schlafen Sie. Wie kommt das?« »Weil Sie Gummisohlen tragen.«

132 Ein Forstbeamter sitzt in einem Waldgasthaus, steht aber immer wieder auf und ruft hinaus: »Das Grüne nach oben!« Nach dem Sinn seines Tuns befragt,

erklärt er: »Mein Personal ist so vergeßlich, wenn ich ihnen nicht immer wieder sage, wie sie es tun sollen, machen sie alles falsch.«

Immer jammern

133 Ein Weingärtner jammerte Jahr für Jahr über die Ernte. Mal fiel sie zu gering aus, mal waren die Trauben zu sauer, mal fiel beides zusammen. Eines Jahres war die Ernte reichlich und qualitätvoll. Doch der Weingärtner, gefragt, ob er sich hierüber freue, erwiderte: »Was meinen Sie, wie das den Boden erschöpft.« Auf schwäbisch: »Wie das den Boden schlaucht.«

Gott zwar vertrauen, aber ihn nicht alleine alles machen lassen

134 Ein Weingärtner hatte ein mit Unkraut überwuchertes Stück Land in mühevoller Arbeit in einen Weinberg verwandelt. Als der Pfarrer vorbeikommt, sagt dieser zu

ihm: »Es ist doch wunderbar, was aus diesem Grundstück dank Ihrer und Gottes Hilfe geworden ist.« Daraufhin der Weingärtner: »Herr Pfarrer, Sie hätten das Grundstück einmal sehen sollen, als es unser Herrgott noch alleine bewirtschaftet hat.«

Vorsichtsprinzip

135 Zwei Frauen sitzen zusammen in der Kirche. Die eine macht ihre Handtasche auf. Die andere bemerkt, daß ein Gebiß drin ist. Sie fragt: »Was ist denn das für ein Gebiß? Du hast deine Zähne doch im Mund.« Die erklärt ihr: »Das sind die Zähne von meinem Mann. Die habe ich vorsichtshalber mitgenommen, damit er, während ich in der Kirche bin, nicht den Sonntagsbraten verschlingt.«

Unglaubwürdige Klage

136 Eine Frau beklagt sich beim Pfarrer über ihren Mann. Sie läßt an ihm kein gutes

Haar. Daraufhin der Pfarrer: »Aber Sie haben mit ihm doch acht Kinder, so schlecht kann das Verhältnis zu Ihrem Mann nicht immer gewesen sein.« Die Frau: »Nun, Herr Pfarrer, was tut man nicht alles in der Wut!«

Innen besser als außen

137 Eine Dame stellt ihrer Freundin ihren künftigen Gatten vor: Glatze, Spitzbauch, O-Beine. Die Freundin meint später: »Etwas schöner hätte er schon sein können.« Die Dame: »Aber er hat eine Seele wie Gold.« Die Freundin: »Weißt du was? Laß ihn wenden!«

138 In Sizilien liegen zwei Mafia-Killer im Straßengraben, um einen Richter zu ermorden, der täglich kurz vor neun dort vorbei in das Gericht fährt. Aber es wird neun, halb zehn, zehn, noch immer kein Richter: »Das verstehe ich nicht«, sagt da einer von ihnen, »hoffentlich ist ihm nichts passiert.«

Golf

139 Zwei Golfspieler sehen, wie sich auf der am Golfplatz vorbei führenden Straße langsam ein Trauerzug fortbewegt. Einer von ihnen legt den Golfschläger weg, zieht die Mütze und verbeugt sich. Der andere folgt seinem Beispiel und sagt: »Ich hätte dir so viel Pietät gar nicht zugetraut.« Der Pietätvolle bemerkt würdig: »Doch, das gehört sich so, immerhin war ich mit der Verstorbenen 35 Jahre glücklich verheiratet.«

Die Befreiung von einer schmerzhaften Lage gilt als Erleichterung

140 Ein Hundefreund verreist. Er sagt zu seinem Diener: »Machen Sie meinem Pluto jeden Tag eine Freude.« Der Hundefreund kommt vorzeitig zurück. Er überrascht seinen Diener, wie er gerade Pluto am Schwanz herum wirbelt. Entsetzt ruft er aus: »Was tun Sie da? Sie sollten doch Pluto jeden Tag eine Freude bereiten!«

Der Diener: »Das tu ich doch. Was meinen Sie, wie der sich freut, wenn ich ihn wieder loslasse.«

141 Ein Mann sitzt auf einer Bank und jammert: »Meine Schuhe sind so eng, tut das weh!« Einer, der vorbei kommt, hört das und sagt: »Werfen Sie doch Ihre engen Schuhe weg und kaufen Sie sich größere.« Der Jammernde: »Ich denke gar nicht daran. Wenn ich diese Schuhe ausziehe, und der Schmerz nachläßt, das ist meine einzige Freude.«

Musikverständnis

142 Im Cellokonzert. Mutter und der kleine Sohn. Der Sohn flüstert: »Mutter, wenn der Onkel die Geige durchgesägt hat, dürfen wir dann gehen?«

143 Welches ist der Unterschied zwischen einer Geige und einem Cello? Das Cello brennt länger.

Materialprüfung

144 Zwei Angeheiterte gehen nach Hause. Da sieht der eine von ihnen auf dem Boden einen Haufen liegen. Er hält an, steckt den Finger hinein, leckt ihn ab und sagt zu seinem Freund: »Du, da bin ich aber froh, daß wir da nicht hinein getreten sind.«

Hilfsbereitschaft wird ausgenützt

145 Ein Knabe zieht unter Aufbietung aller Kräfte einen Leiterwagen einen steilen Berg hinauf. Ein Herr kommt ihm zu Hilfe und zieht mit. Oben eingetroffen sagt er: »Wie können deine Eltern es verantworten, einen so kleinen Jungen einen so schweren Leiterwagen ziehen zu lassen.« Da sagt der Knabe: »Mein Vater hat gesagt, lauf nur einmal los, da kommt schon ein Dackel, der dir hilft.«

Leicht zu amüsieren

146 Kaiserzeit. Morgen nach einer langen Kasinonacht. Ein Leutnant erzählt: »Gestern nacht bestens amüsiert. Kommt der Leutnant von Ravenstein, ruft die ganze Korona: ›Morgen, Herr Oberleutnant!‹ Kommt Oberleutnant von Zitzewitz, ruft die ganze Korona: ›Morgen, Herr Hauptmann!‹ Und so jagte ein toller Witz den anderen.«

147 Bei einem Empfang in der französischen Botschaft schläft ein älterer Herr immer wieder ein. Eine junge Dame lacht. Der Herr sagt: »Mademoiselle, votre mari sera heureux, vous êtes facile a amuser.« *Ihr Gatte wird glücklich sein, denn Sie sind leicht zu amüsieren.*

Lieber das Leben als Geld verlieren

148 Jahrelang hatten sich in einem Dorf der Schwäbischen Alb die Bauern dagegen gewehrt, an die öffentliche Wasserver-

sorgung angeschlossen zu werden, und zwar wegen der Kosten. Endlich geben sie nach. Auf die Frage nach dem Grund antworteten sie: »Für uns Bauern wäre das alte Wasser noch gut genug gewesen, aber das Vieh säuft es nicht mehr.«

Geringer Vorteil

149 Was ist besser, vom 15. Stock eines Hochhauses herunter zu fallen oder vom 40. Stockwerk? Antwort: Vom 40., denn dann lebt man länger.

Vorsicht mit Ausreden

150 Er zu seiner Gattin: »Gestern auf dem Betriebsausflug hat mich doch ein Besoffener besabbert.« Die Gattin: »Noch schlimmer, der hat dir auch noch in die Hose gemacht.«

Friseurgespräche

151 Ein Herr erzählt seinem Friseur, daß er eine Reise nach Rom plane, wo er unter anderem an einer Audienz beim Heiligen Vater teilnehmen wolle. Der Friseur erklärte, nach Rom werde er niemals fahren, und bei diesen Audienzen stehe man ganz hinten und sehe den Heiligen Vater kaum. Der Herr fährt trotzdem und kommt nach vier Wochen wieder zum Friseur. Der erkundigt sich, ob es so gewesen wäre, wie er vorausgesagt habe. Der Herr erzählte, nein, so sei es nicht gewesen. Er sei ganz vorne gestanden, habe den Heiligen Vater gesehen, und dieser habe ihm sogar die Hand auf den Scheitel gelegt. Der Friseur fragt, ob er etwas gesagt hätte. Der Herr antwortet, ja, der Heilige Vater hätte gesagt: »Sie armer Mensch, wo haben auch Sie Ihre Haare schneiden lassen?«

152 Während der Unruhen in Polen Ende der achtziger Jahre wird der sowjetische Botschafter in Warschau alle vier Wochen nach Moskau befohlen. Er nutzt seinen Aufenthalt in Moskau, um dort zum Friseur zu gehen, und erzählt, während seine Haare geschnitten werden, wie es in Polen zugeht. Als er nach vier Wochen wieder kommt, bittet ihn der Friseur, doch noch mal zu erzählen, wie es in Polen ist. Der Botschafter will nicht und sagt, das habe er doch alles das letzte Mal erzählt. Doch der Friseur sagt, erzählen Sie es bitte noch einmal. Wenn Sie das erzählen, sträuben sich die Haare unserer Kunden und wir können sie viel leichter abschneiden.

153 Ein Mann mit einer Narbe geht zum Friseur, um sich dort rasieren zu lassen. Während der Rasur fragt der Friseur: »Waren Sie schon einmal bei uns?« Antwort: »Nein, die Narbe habe ich vom Kriege mitgebracht.«

Mißverständnis, Verwirrung und Alkohol

154 Ein betrunkener Zecher liegt auf dem Bürgersteig. Ihm nähert sich ein Hund, der das Hinterbein hebt und ihn besprenkelt. Der Zecher murmelt bloß: »Halt, mir bitte nichts mehr einschenken.«

155 Ein Betrunkener stürzt zu Boden. Eine mitleidige Seele fragt: »Haben Sie etwas gebrochen?« Der Betrunkene: »Nein, noch nicht, aber es wird gleich kommen.«

156 Mit schwerem Kopf wacht ein Mann nach einem Kneipenbummel auf und stellt fest, daß er irgendwo seinen Regenmantel vergessen hat. Dumpf erinnert er sich, daß er seinen Mantel noch in einer Kneipe gehabt hat, in der die Abortschüsseln aus Kupfer waren. Das kommt ihm seltsam vor, aber er macht sich auf den Weg und fragt in jeder Kneipe: »Entschuldigen Sie, haben Sie Abortschüsseln aus Kupfer?« Schließlich wird er fündig. Als er diese Frage stellt, ruft die

Wirtin ihrem im hinteren Teil der Gastwirtschaft beschäftigten Mann zu: »Karl, komm einmal her. Da ist der, der gestern in dein Jagdhorn gepinkelt hat.«

Es allen recht machen wollen

157 In einem Mietstreit gibt der Bürgermeister zunächst dem Mieter und dann auch noch dem Vermieter recht. Darauf sagt ein Gemeindeinspektor: »Bürgermeister, Sie können doch nicht beiden recht geben!« Der Bürgermeister denkt nach und sagt: »Da haben auch Sie recht.«

Streit der Generationen

158 Der Vater sagt zu seinem ältesten Sohn: »Bitte hol mir aus dem ›Adler‹ ein paar Flaschen Bier.« Der Älteste hat keine Zeit und verschwindet. Der Vater ärgert sich. Da sagt der Jüngste: »Vater, reg' dich doch nicht auf. Jetzt gehst du eben selber und bringst mir noch eine Schachtel Zigaretten mit.«

159 Der Vater streitet mit seinem Sohn und sagt diesem: »Was du heute bist, bin ich schon vor dreißig Jahren gewesen. Weißt du, was du bist? Du bist ein Rindvieh!«

160 Der Sohn fragt den Vater: »Stimmt es, daß wir vom Affen abstammen?« Der Vater antwortet: »Du vielleicht, ich aber nicht!«

Konsequenz im Irrtum

161 Ein Geisterfahrer fährt auf der Autobahn von Stuttgart nach Kirchheim. Er hört, wie im Radio auf dieser Strecke vor einem Geisterfahrer gewarnt wird. Er schüttelt den Kopf und meint: »Einer? Tausende!«

Langfristig denken

162 Ein Dorfdepp war dafür bekannt, daß er, wenn ihm eine Mark und 50 Pfennige wahlweise angeboten wurden, stets die 50 Pfennige wählte. Die Sommerfrischler

versuchten es immer wieder und freuten sich darüber, daß der Depp so blöd war. Ein Einheimischer sagte schließlich zu ihm: »Du weißt doch auch, daß eine Mark mehr sind als 50 Pfennige?« Der Depp: »Wenn ich nur einmal die Mark nehme, bekomme ich gar nichts mehr.«

Bei der Bahn

163 Ein Reisender rennt auf den Bahnsteig und fragt einen Bahnbediensteten: »Bekomme ich den Zug nach Ulm noch?« Der Bedienstete: »Wenn Sie schnell laufen können, vielleicht. Der ist nämlich vor fünf Minuten abgefahren!«

164 Ein Reisender fragt einen Bahnbediensteten: »Wann kommt der nächste Zug nach Pforzheim?« Der Bedienstete: »In fünf Minuten der Schnellzug, in zwanzig Minuten der Personenzug. Nehmen Sie diesen.« Der Reisende: »Warum?« Der Bedienstete: »Der hält hier.«

165 Der Zug fährt an. Eine Frau fragt: »Herr Schaffner, fährt der Zug schon?« Der Schaffner: »Ja freilich. Glauben Sie, Ihretwegen würden die Häuser vorbei getragen?«

166 Die Schranken sind geschlossen. Ein Radfahrer kommt und will an den Schranken vorbei noch schnell über die Gleise. Der Bahnwärter stürzt heraus und wettert: »Lassen Sie das gefälligst bleiben, gleich kommt der Zug.« Der Radfahrer: »Das kann doch Ihnen egal sein!« Der Bahnwärter: »Und wer putzt den Dreck weg?«

In letzter Konsequenz nein

167 Es war zu der Zeit, als die Geschirrspülmaschine noch nicht auf dem Markt war. Das gebrauchte Geschirr steht in der Küche aufgetürmt. Die Familie beschließt: Wer als erster spricht, muß das Geschirr abwaschen. Der künftige Schwiegersohn kommt. Schweigen. Er führt die Tochter ins Schlafzimmer. Kommt wieder. Schweigen. Er führt auch die ansehnliche Mutter ins Schlafzimmer. Schweigen. Er kommt wieder. Da sagt der Vater: »Da wasche ich lieber ab.«

Kleine Mängel bei der Arbeit

168 Der Bauherr kommt auf die Baustelle. Er ist entsetzt. Er ruft aus: »Was ist denn hier los. Alles ist krumm und schief!« Der Bauleiter: »Es sind eben die Pläne etwas in den Regen gekommen.«

169 Das Gerüst wird abgebaut. Das Haus stürzt ein. Der Architekt: »Man nimmt doch das Gerüst erst weg, wenn tapeziert ist.«

170 Der Schneider hat den Hosenladen aus Versehen hinten angebracht. Der Kunde beschwert sich. Der Schneider: »Keine Angst, das gibt sich beim Bügeln.«

Beweissicherung

171 In der guten alten Zeit. Auf dem Tübinger Marktplatz streiten sich Marktfrauen. Eine bewirft die andere mit einem Rossbollen, auf norddeutsch Pferdeapfel. Diese macht gerade den Mund auf. Der Rossbollen fliegt in den Mund hinein. Das Opfer sagt mühsam: »Der bleibt drin, bis die Polizei kommt!«

172 Der Sohn kommt von der Schule heim mit geschwollener Lippe und blauem Auge. Der Vater ist entrüstet: »Kennst du wenigstens den Namen des Schülers, der dich so

zugerichtet hat?« Der Sohn: »Nein, aber den Namen bringen wir leicht heraus. Ich habe nämlich dem sein Ohr in der Tasche.«

Britische Gelassenheit

173 Funeral. A gentleman asks his neighbour: »What did the lady in the coffin die of?« Answer: »Nothing serious.« *Beerdigung. Ein Herr fragt seinen Nachbarn: »An was ist die Dame gestorben?« Der antwortet: »An nichts Ernstem.«*

174 In einem Londoner Theater im viktorianischen England. Macbeth, das blutige Stück. Ein Herr sagt auf dem Heimweg zu seiner Gattin: »How different is the family life of our good queen Victoria!« *(Wie anders ist doch das Familienleben unserer guten Königin Victoria!)*

Selbstversuche und Eingriffe

175 Ein General besichtigt eine Kaserne. Er kommt auch in die Küche und sieht dort einen Topf mit brauner Flüssigkeit. Er verlangt einen Löffel und will probieren. Die ihn begleitenden Offiziere wollen ihn davon abhalten. Er besteht darauf und probiert. »Pfui Teufel, schmeckt ja wie Spülwasser!« »Ist auch Spülwasser.«

176 Der Chef eines Warenhauses hört, wie ein Verkäufer zu einer Dame sagt: »Ich habe seit 14 Tagen keine mehr, und ich bekomme auch keine mehr!« Der Chef ist empört über die mangelnde Kundennähe des Verkäufers, schaltet sich ein und sagt zu der Dame: »Selbstverständlich haben wir das. Sie bekommen es in den nächsten Tagen zugestellt.« Daraufhin sagt der Verkäufer: »Chef, das war meine Freundin. Die fragte mich, ob ich noch Filzläuse hätte.«

Im rechten Moment am richtigen Platz sein

177 Gute alte Zeit. Ländliche Sommerfrische. Ein Hotelgast beschwert sich über die vielen Fliegen, die ihn bei seinem morgendlichen Besuch des Abtritts belästigen. Der Wirt rät: »Gehen Sie doch vor dem Essen auf den Abort, dann sind alle Fliegen in der Küche.«

Unterschiede

178 Welches ist der Unterschied zwischen einem Eichhörnchen und einem Klavier? Das Eichhörnchen klettert auf die Bäume und das Klavier ist auch aus Holz.

179 Zur Zeit Breshnews in der Sowjetunion. In einem Restaurant fragt ein Herr seinen Bekannten: »Welches ist der Unterschied zwischen dem Politbüro und einem Krokodil?« Der weiß es nicht. »Das Krokodil hat vier Füße und 36 Zähne, und das Politbüro hat 36 Füße und vier Zähne.«

180 Am Nebentisch sitzt ein Herr, der dieses Gespräch gehört hat. Er steht auf, kommt herüber und fragt: »Welches ist der Unterschied zwischen diesem Tisch und Ihnen?« Die beiden wissen es nicht. »Ganz einfach, Sie kommen mit, und der Tisch bleibt hier.«

Theorie und Praxis

181 Im alten Wien. Die Kapelle spielt ein Stück von Johann Strauß. Dieser ist anwesend. Er läßt den Kapellmeister kommen und gratuliert ihm, weil sein Orchester das Stück so schön gespielt hat. Der Kapellmeister: »Ja, Herr Strauß, hingeschrieben ist so was leicht, aber spielen, das ist eine Sauarbeit.«

Die Sensation

182 Menschen versammeln sich auf einer Straße und starren zum Dach eines Hauses hinauf. Ein Herr kommt hinzu. Starrt

auch hinauf. Nach einiger Zeit fragt er: »Was ist denn hier los?« Sein Nachbar zuckt die Schultern und sagt: »Der letzte, der es gewußt hat, ist vor zehn Minuten gegangen.«

Wo bleibt der praktische Nutzen?

183 In einem kommunistischen Land spricht ein Parteiredner zu der Belegschaft eines Betriebes. »Unsere Republik hat dank der fortschrittlichen Kräfte des Sozialismus riesige Erfolge erzielt. Unsere Stahlproduktion konnte in den letzten zehn Jahren um 210 % gesteigert werden, unsere Traktorenproduktion um 470 %!« Da ertönt ein Zwischenruf aus dem hinteren Teil des Saales: »Aber was ist mit Abortpapier?« Der Redner überhört den Zwischenruf und fährt fort: »Unsere Kolchosen haben nicht weniger als 35 % mehr Milch produziert und das...« Aber schon wieder tönt es: »Was ist mit Abortpapier?« Der Redner wird wütend und ruft: »Leck mich am Arsch!« Antwort aus

dem hinteren Teil des Saales: »Löst individuelles Problem, aber was ist mit Massenproblem?«

Rache muß man kalt genießen

184 Gute alte Zeit. In der Eisenbahn. Ein Landwirt raucht einen billigen Stumpen. Ein feiner Herr beschwert sich. »Machen Sie endlich das stinkende Zeug aus!« Der Landwirt schweigt und raucht ruhig weiter. Der Herr wird wütend und beleidigend. Der Landwirt schweigt. Schließlich steigt der Herr aus. Eine Frau sagt zu dem Landwirt: »Ich bewundere Ihre Selbstbeherrschung!« Der Landwirt: »Was soll ich mich mit dem Herrn streiten, ich habe ihm inzwischen mit meiner Zigarre zwei Löcher in den Mantel hinein gebrannt!«

Verwechslung

185 Karl: »Was liest du gerade?« Franz: »Das Kapital von Karl May!« Karl: »Das ist doch nicht von Karl May sondern von Karl Marx!« Franz: »So, ich wundere mich schon die ganze Zeit darüber, warum keine Indianer vorkommen.«

186 Zwei Herren unterhalten sich. Der eine sagt: »Und jeden Monat mache ich Ölwechsel!« Ein dritter Herr mischt sich ein: »Was für ein Auto fahren Sie denn?« »Ich habe kein Auto. Ich habe eine Pommes frites Bude.«

Wiedervereinigung

187 Unmittelbar nach der Wiedervereinigung. Westberlin. Schlange vor Aldi. Ein Sachse schimpft: »Das ist ja wie in der DDR!« Drei Plätze hinter ihm ein Türke: »Niemand dich gerufen!«

Nicht fremde Schuld auf sich nehmen

188 Im Theater. Hamlet. Gräßliche Aufführung. Das Publikum pfeift und johlt und buht. Dem Hauptdarsteller wird es zu dumm. Er tritt vor und ruft in den Zuschauerraum: »Habe ich vielleicht den Mist geschrieben?«

Keine Details

189 Ein betrunkener Schauspieler torkelt auf der Bühne herum und redet wirr. Die Souffleuse versucht, ihm zu helfen, indem sie ihm den Text seiner Rolle vorsagt. Der Schauspieler faucht in den Souffleurkasten: »Keine Details, welches Stück?«

Keine dummen Fragen stellen

190 Straßburg. Feines Lokal. Ein Ehepaar bestellt Froschschenkel. Er fragt den Kellner: »Entschuldigen Sie, wozu dienen diese Schüsselchen mit Wasser und Zitronenscheiben?« Der Kellner: »Darin können Sie Ihre Finger abspülen.« Der Ehemann schweigt verblüfft. Sie nach einer Denkpause: »Siehst du, wer dumm fragt, bekommt eine dumme Antwort!«

191 Einwohnermeldeamt. Ein sehr dickes Ehepaar erscheint. Der Beamte: »Haben Sie Kinder?« Das Ehepaar: »Nein, sind wir vielleicht Akrobaten?«

Ein kleiner Fortschritt ermutigt auch

192 Ein Sonntagsjäger hatte bei der letzten Treibjagd einen Treiber getroffen. Als er wieder von einer Treibjagd heimkommt, fragt seine Frau: »Hast du wieder einen Treiber angeschossen?« Er: »Leider ja, aber der hieß wenigstens Fuchs.«

Kommunikation: Hauptsache schnell

193 Manöver in der Kaiserzeit. Der Stab steht auf einem Hügel. Da reitet ein Melder in vollem Galopp heran, überspringt einen Graben, dann eine Hecke, bringt mit Mühe das Pferd zum Stehen, taumelt aus dem Sattel, nimmt Haltung an und meldet mit lauter Stimme: »Herr General, Meldung vergessen!«

Überfordert

194 Kaiserzeit. Ein Soldat steht in dem Ruf, zwei Kommißbrote auf einmal verschlingen zu können. Der General will das sehen. Ein Unteroffizier bringt den Meisteresser in das Kasino. Nach einem Brot versagt der Soldat. Der General ist erstaunt. Fragt, was mit dem Mann los sei. Der Unteroffizier: »Weiß ich auch nicht, Herr General. Vor zwei Stunden, als wir geübt haben, da hat der Mann das noch gekonnt.«

Rechtzeitig handeln

195 Ein Veterinär soll einer Kuh mit Hilfe eines Blasrohrs rectal (von hinten) ein Abführmittel beibringen. Er versucht es und schwankt nach wenigen Sekunden totenbleich zur Stalltür hinaus. Vom Bauern nach der Ursache seines beklagenswerten Zustandes befragt, antwortet er: »Die Kuh hat zuerst geblasen.«

Hauptsache es funktioniert. Für was ist Nebensache

196 Französische Revolution. Ein Bayer und ein Württemberger sollen hingerichtet werden. Zuerst muß der Bayer auf die Guillotine. Das Fallbeil bleibt hängen. Nach altem Brauch läßt man den Bayern frei. Dann kommt der Württemberger dran. Doch der brüllt: »Nein, da liege ich erst dann drunter, wenn das repariert ist!«

Freud und Leid durch Alkohol

197 Gorbatschows Kampf gegen den Alkohol. Nachdem Rust mit seinem kleinen Flugzeug unbehelligt auf dem Roten Platz gelandet war, fragte Gorbatschow seine Soldaten: »Wie konnte es passieren, daß ihr den Rust nicht gesehen habt?« Diese antworteten: »Genosse Gorbatschow, früher konnten wir unseren Wodka ganz offen genießen. Da hätten wir den Rust gesehen. Aber seit einiger Zeit müssen wir ihn heimlich unter dem Tisch trinken. Von dort aus konnten wir den Rust nicht sehen.«

198 Gorbatschows Kampf gegen den Alkohol. In einem Büro eines sowjetischen Ministeriums. Ein Liebespaar in leidenschaftlicher Umarmung. Sie zu ihm: »Wollen wir nicht die Tür abschließen?« Er zu ihr: »Um Gotten willen, nein. Dann denken die anderen, wir trinken Wodka!«

199 Ein Norweger erzählt von seiner feucht fröhlichen Reise durch Europa. »Ich habe das köstliche Bier in München probiert, den trefflichen Wein in Stuttgart, den herrlichen Champagner in Reims, aber am besten geschmeckt hat mir ein leichter Landwein, von dem ich täglich eine ganze Flasche trank. Sein Name ist: Courvoisier.«

Mildernde Umstände

200 Mordprozeß. Schwurgericht. Der Vorsitzende fragt die Angeklagte: »Weshalb haben Sie Ihren Mann ausgerechnet während der Sportschau erschossen?« Die Angeklagte: »Ich konnte nicht anders. Er rief dauernd: Nun schieß doch endlich!«

201 Mordprozeß. Schwurgericht. Der Vorsitzende fragt den Angeklagten: »Ich kann manches verstehen, aber weshalb haben Sie Ihre Frau mit Pfeil und Bogen erschossen?« Der Angeklagte: »Herr Vorsitzender, ich wollte doch unsere Kinder nicht aufwecken!«

Zeiten des Mangels

202 Nach dem Krieg betritt ein Mann ein Lokal und fragt: »Was gibt es?« Der Wirt antwortet: »Was gibt es? gibt es nicht, höchstens gibt es was? aber auch das gibt es nicht.«

Der Tod: Pietätvolle und praktische Gesichtspunkte

203 Eine Witwe will eine Urne kaufen. Eine gläserne. Der Bestattungsunternehmer fragt: »Warum denn aus Glas?« Die Witwe: »Mein Mann hat immer so gerne aus dem Fenster hinausgeguckt.«

204 Ein Beerdigungsunternehmer stellt zu Weihnachten fest: »Ich habe eigentlich gedacht, daß der schlechte Herbst ein besseres Geschäft bringt.«

205 Auf einem Hof, der einsam hoch in den Allgäuer Bergen lag, starb der Großvater. Bei dem Eis und Schnee unmöglich, ihn in das Tal zur Beerdigung zu bringen. So brachte die Familie ihn in den Keller. Als das Wetter wieder günstiger war und einen Transport erlaubte, trat dann der Großvater seine letzte Reise zum Friedhof an. Der Totengräber betrachtet ihn mitleidig: »Euer Opa muß ja furchtbar gelitten haben, sein Gesicht ist ja ganz verzerrt.« Der Bauer antwortet: »Nein, der ist ganz ruhig gestorben, wir haben ihm halt immer beim Most holen die Laterne in den Mund hinein gehängt.«

206 In der Schweiz. Ein Herr, der immer fröhlich gewesen war, wird zu Grabe getragen. Der Sarg liegt auf einem Wagen, die Trauergemeinde folgt, angeführt von der Witwe. Plötzlich hebt sich der Sargdeckel. Eine Hand erscheint und winkt den Trauernden zu. Die Witwe eilt zum Sarg, schiebt die Hand hinein, macht den Sargdeckel zu und ruft: »Mußt du eigentlich überall das Kalb machen?«

207 Ein Herr will einen Sarg kaufen. Er sieht den gleichen Sarg in der Auslage des einen Geschäftes für 800 DM angeboten und in der Auslage eines anderen, benachbarten Geschäftes für 1400 DM. Er betritt dieses Geschäft und fragt den Verkäufer: »Wie kommt es, daß der gleiche Sarg bei Ihnen 1400 DM kostet und in dem Geschäft gleich nebenan nur 800 DM? Der Verkäufer: »Äußerlich sind die Särge gleich, aber liegen Sie einmal hinein und stoßen Sie mit den Ellenbogen, dann werden Sie den Unterschied kennen lernen!«

208 Ein Kegelbruder, der gerne Leberkäse gegessen hatte, wird von seinen Kegelbrüdern zu Grabe getragen. Sie werfen zum Abschied Blumen in das offene Grab. Doch einer von ihnen wirft 200 Gramm Leberkäse hinunter. Die anderen sagen: »Der ißt deinen Leberkäse nicht mehr!« Der eine: »Und eure Blumen stellt der auch nicht mehr in das Wasser!«

209 Eine Witwe geht nach der Beerdigung ihres Gatten mit ihren Freundinnen nach Hause. Sie sagt seufzend: »Ach Gott, nun weiß ich wenigstens, wo mein Karl nachts ist.«

Konsum ist Christenpflicht

210 Im alten Württemberg wurde alles aufgegessen. Das schuldete man den Hungernden in der Welt. Essen durfte nicht weggeworfen werden. Die Vertilgung der Reste war Aufgabe des Familienvaters. Als ein Familienvater wieder einmal dieser seiner Aufgabe nachgekommen war, rief der Sohn voll Bewunderung aus: »Wenn wir den Vater nicht hätten, müßten wir glatt eine Sau her tun!«

Die Jugend äußert sich

211 Schulaufsatz. Thema: »Ein Tag daheim.« Ein Schüler schildert den harten Arbeitstag der Mutter und beendet seinen Auf-

satz mit der Behauptung: »Und nachts kam auch noch der liebe Gott.« Vom Lehrer befragt, erklärt der Schüler: »Ich habe ganz deutlich gehört, wie meine Mutter gesagt hat: »Ach lieber Gott, jetzt kommst du auch noch!«

212 Eine Klasse sollte einen Aufsatz schreiben, in dem Gott, die Liebe, die gesellschaftlichen Schichten und die Ungewißheit vorkommen. Eine Schülerin war bald fertig. Sie schrieb: »Mein Gott«, rief die Baronin, »ich bin schwanger und weiß nicht, von wem!«

213 Der Lehrer betritt die Klasse und erklärt: »Heute gibt es ein Fach, das ihr bislang nicht gehabt habt, nämlich Sexualkunde.« Da meldet sich ein kleiner Junge und fragt: »Herr Lehrer, dürfen die, die schon mal gebumst haben, inzwischen auf den Hof zum Spielen?«

214 Ein Bub kommt in die Apotheke und ruft laut: »Eine Packung Fromms Extra bitte!« Der Apotheker wartet, bis nie-

mand mehr im Laden ist, und sagt zu dem Buben: »Erstens, man verlangt so was mit leiser Stimme, zweitens, das ist nichts für Kinder, und drittens, dein Vater soll selber kommen, wenn er so was will!« Daraufhin der Bub: »Erstens hat man mir gesagt, ich soll laut und deutlich sprechen, zweitens weiß ich, daß das nicht für, sondern gegen Kinder ist, und drittens ist das nicht für meinen Vater, sondern für meine Mutter. Die hat nämlich morgen Betriebsausflug!«

215 Vater, Mutter und zehnjähriger Sohn gehen in das Bierzelt. Der Vater bestellt zwei Maß. Da sagt der Sohn: »Und die Mutter? Die trinkt scheint's nichts?«

Unterhaltsame Arbeit

216 Fritz: »Wo arbeitet dein Bruder?« Franz: »Der ist bei der Post und stempelt den ganzen Tag Briefe.« Fritz: »Das muß ja furchtbar eintönig sein!« Franz: »Nein, es gibt jeden Tag ein neues Datum.«

Streitkultur

217 Ein Professor geht in Tübingen spazieren und verirrt sich in einen Weinberg. Der dort tätige Weingärtner brüllt: »Saukerle verreckter, scher dich hinaus aus meinem Weinberg, sonst schlage ich dir die Füß' ab, so daß du auf den Stotzen heim laufen mußt.« Der Professor ist erschrocken: »Entschuldigen Sie bitte, aber ich habe nicht gewußt, daß es sich um Privatbesitz handelt!« Daraufhin der Weingärtner: »Drum sagt man es Ihnen auch im Guten!«

Verengte Sicht

218 Ein Mann läßt sich in der Buchhandlung einen Globus zeigen. Er fragt den Verkäufer: »Was ist denn da alles drauf?« Dieser antwortet: »Die ganze Welt!« Der Mann: »Das brauche ich eigentlich nicht, für mich würde ein Globus von Württemberg ausreichen.«

219 Auswandererschiff nach Amerika in Seenot. Die Passagiere wimmern und klagen. Das Schiff droht zu sinken. Da sagt ein Beherzter zu seinem Nachbarn: »Was regen Sie sich so auf, ist das vielleicht Ihr Schiff?«

Konvex und konkav oder Fehleinschätzung der Lage

220 Ein Betrunkener tastet sich an einer Litfaßsäule entlang, umkreist sie mehrmals und fängt an zu brüllen: »Um Gottes willen, total besoffen und auch noch eingemauert!«

Mäßiger Trost

221 Ein Arzt fragt den Patienten: »Können Sie die Wahrheit vertragen?« Der Patient bejaht dies. Der Arzt: »In sechs Monaten sind Sie tot!« Der Patient: »Oh Gott, was können wir da machen?« Der Arzt: »Stellen Sie sofort das Rauchen ein, das Trinken von Alkohol und brechen Sie alle Beziehungen zur Damenwelt ab.« Der Patient: »Werde ich dann länger leben?« Der Arzt: »Nein, aber es kommt Ihnen länger vor!«

Allgemeine Vergeßlichkeit

222 Camper unterwegs. Sie: »Alles haben wir dabei, Töpfe, Bratpfanne, Tischtücher, Teller, nur das Küchenbüffet haben wir nicht dabei.« Er: »So ein Blödsinn, was sollen wir hier mit dem Küchenbüffet?« Sie: »Gut wäre es schon, wenn es hier wäre, da liegen nämlich unsere Pässe drauf!«

Es hätte noch viel schlimmer kommen können

223 Ein Stammtischbruder fiel den übrigen Stammtischbrüdern auf die Nerven, weil er immer sagte: »Es hätte noch viel schlimmer kommen können!« Eines Tages geschah in der Nachbarschaft ein furchtbares Unglück. Ein Mann überraschte seine Frau mit ihrem Liebhaber. Aus dem dreizehnten Stockwerk warf er zuerst seine Frau hinaus, dann den Liebhaber, und dann sprang er selber hinterher. Als der Fall in der Stammtischrunde besprochen wurde, sagte der Stammtischbruder wieder: »Es hätte noch viel schlimmer kommen können!« Das löste dann doch Protest aus: »Was hätte da noch schlimmer kommen können? Sie tot, der Liebhaber tot, und der Ehemann auch tot!« Da sagte der Stammtischbruder: »Vor zwei Tagen war nämlich ich dort!

Medien

224 Zeit vor Gorbatschow. Durch Geisterbeschwörung ist es in der Sowjetunion gelungen, Julius Cäsar und Kaiser Napoleon herbeizurufen, damit sie an der Parade zum Gedenken der Oktoberrevolution teilnehmen können. Die beiden stehen auf der Tribüne über Lenins Grab. Die sowjetische Infanterie kommt. Cäsar ist begeistert. »Mit solchen Truppen hätte ich Germanien erobert!« Napoleon sagt nichts und liest in der »Prawda«. Die Panzer rollen vorbei. Cäsar gerät fast aus dem Häuschen: »Wenn Rom solche Waffen gehabt hätte, würde sein Weltreich heute noch bestehen!« Napoleon sagt nichts und liest weiter. Da wendet sich die sowjetische Führung an ihn und fragt: »Nun, Kaiser Napoleon, was sagen Sie zu unserer Armee?« Napoleon blickt kurz auf und meint: »Gute Soldaten habe ich auch gehabt, aber diese Zeitung, die ist großartig. Hätte ich solche Zeitungen gehabt, wüßten die Menschen heute noch nicht, daß ich die Schlacht von Waterloo verloren habe!«

225 Beruhigende Feststellung: Solange man mit dem Fernsehapparat keine Fliegen totschlagen kann, wird er die Zeitungen nicht verdrängen.

226 Ein Politiker liest in seiner Zeitung, daß er verstorben sei. Er regt sich auf und ruft einen Redakteur an. Dieser ist nicht sehr beeindruckt. Der Politiker regt sich noch mehr auf und ruft: »Das ist doch die Unwahrheit!« Der Redakteur antwortet: »Das ist Pressefreiheit!« Mark Twain hat in einem solchen Falle verlautbart: »Nachrichten von meinem Tod stark übertrieben!«

Die Dialektik des »Ja, aber«

227 Anfrage an Radio Eriwan: »Stimmt es, daß dem Kosmonauten Gagarin auf dem Roten Platz in Moskau eine große Limousine geschenkt wurde?« Antwort: »Im Prinzip ja, nur handelte es sich nicht um den Kosmonauten, sondern um den Arbeiter Gagarin, das Ereignis fand auch

nicht auf dem Roten Platz in Moskau statt, sondern in Kiew in einer kleinen Gasse, es handelte sich nicht um eine Limousine, sondern um ein Fahrrad, und das wurde nicht geschenkt, sondern gestohlen.«

228 Neue Anfrage: »Stimmt es, daß Genosse Stalin die Witze sammelt, die über ihn erzählt werden?« – »Ja, aber er sammelt auch die, welche sie erzählen.«

Berufswahl

229 Maier: »Soll ich Maler oder Dichter werden?« Müller: »Werden Sie Dichter!« Maier: »Haben Sie meine Gedichte gelesen?« Müller: Nein, aber ich habe Ihre Bilder gesehen!«

Naturwissenschaften

230 In einem Restaurant ruft ein Gast empört: »Herr Ober, was schwimmt da in meiner Suppe?« Der Ober: »Ich kann es Ihnen beim besten Willen nicht sagen, die Insekten sehen alle gleich aus.«

231 In der Straßenbahn. Eine Frau hat eine Katze auf dem Schoß. Der Kontrolleur kommt und verlangt, daß für die Katze ein Fahrschein gelöst wird. Die Frau will nicht und weist darauf hin, daß eine andere Frau eine Schildkröte mit sich führe und daß für diese offenbar nichts bezahlt werden müsse. Da erklärt der Kontrolleur: »Da gibt es schon einen Unterschied. Die Katze ist ein Hund, und die Schildkröte ist ein Insekt!«

Geschäftliche Risiken

232 Ein Stotterer betritt eine Vogelhandlung voller Papageien und sagt: »Ich möchte gegegerne einen Papapageien...« Da

unterbricht ihn der Ladenbesitzer: »Ich flehe Sie an, verlassen Sie sofort mein Geschäft. Sie verderben mir die ganze Ware.«

233 Ein recht adretter Mann bewirbt sich in einem Betrieb. Der Chef fragt ihn nach seinem Namen. Er antwortet: »Fritz Feierabend.« Der Chef: »Dann kann ich Sie nicht einstellen. Jedesmal, wenn ich Sie rufe, gehen alle nach Hause.«

Die Anweisungen nicht befolgt

234 Ein Mann sagt traurig zu einem Arzt: »Sie haben mir versichert, daß meine Frau durch die Arznei, die Sie ihr verschrieben haben, wieder gesund wird, und nun ist sie gestern gestorben.« Der Arzt: »Wie lange hat sie die Arznei genommen?« Der Witwer: »Fünfzehn Tage.« Der Arzt: »Sehen Sie mal, sie hätte auf mich hören sollen. Ich habe ihr gesagt, sie soll sie einen Monat lang nehmen!«

Saure Trauben oder: Trockene Weine

235 Der Wein von Tübingen steht im Rufe, daß er Löcher in den Magen ätze, der von Reutlingen, daß er die Löcher wieder zusammen ziehe.

236 Es heißt, daß in der freien Reichsstadt Reutlingen jeder zum Tode Verurteilte sich dadurch frei trinken konnte, daß er einen ganzen Humpen Reutlinger Wein leerte. Eines Tages stand wieder ein Delinquent unter dem Galgen, der Humpen wurde ihm gereicht. Er kostete und rief aus: »Um Gotten willen, nix wie nuff!« (»Nichts wie hinauf!«)

237 In Reutlingen und in Tübingen war es immer ein Problem, die Trauben zu zerquetschen, damit der Traubensaft hinaus gepreßt werden kann. Einst gastierte ein Zirkus in Reutlingen, und die Weingärtner fragten den Zirkusdirektor, ob er nicht seine Elefanten zur Verfügung stellen könnte, damit diese die Trauben zertreten. Der Zirkusdirektor erfüllte diesen

Wunsch. Im nächsten Jahr war der Zirkus wieder zur Zeit der Weinlese in Reutlingen. Wieder fragten die Weingärtner den Zirkusdirektor, ob nicht seine Elefanten für sie tätig sein könnten. Doch der Zirkusdirektor erklärte kategorisch: »Das kommt nicht in Frage. Meinen Elefanten tun noch vom letzten Jahr die Füße weh!«

238 Vater und Sohn gehen abends spazieren. Eine Sternschnuppe erscheint. Der Vater sagt: »Da lügt einer!« Am nächsten Abend gehen sie wieder spazieren. Da sieht man nicht nur Sternschnuppen, sondern es blitzt und donnert. Da sagt der Vater: »Jetzt wird gerade unsere Zeitung gedruckt!« oder: »Heute abend wird der Bundeshaushalt diskutiert!« oder »Heute findet die Hauptversammlung der Firma XY statt!«

Schlechtes Gedächtnis

239 Eine Dame fragt in einem Hotel beim Empfang: »Ist mein Mann schon da? Wir haben Zimmer 317.« Die Empfangsdame: »Wie ist Ihr Name, gnädige Frau?« Die Dame: »Müllert oder Mielert oder so ähnlich.«

Eine Pleite für einen Erfolg halten

240 Zwei Sonntagsjäger kommen von der Jagd heim. Schlechte Stimmung. Keiner spricht. Die Ehefrau des einen will sie aufheitern und sagt: »Nun macht doch kein so finsteres Gesicht, immerhin ist doch euer Rucksack ganz schön schwer!« Der Ehemann: »Sei bloß ruhig, da ist der Hund drin!«

Schlagfertig

241 Ein pensionierter General trifft einen alten Kameraden. Er erkundigt sich: »Wie

geht's Ihrer verehrten Gattin?« Da fällt ihm ein, daß diese ja schon längst verstorben ist, und er fügt hinzu: »Ruhen wohl immer noch auf demselben Friedhof?«

Vielseitig verwendbar

242 Ein Bonner Politiker stürzt sich in ein Taxi. »Fahren Sie los!« Der Taxifahrer: »Wohin?« Der Politiker: »Egal, ich werde überall gebraucht.«

Alternative

243 Eine Tochter kommt heim vom Rendezvous. Der Vater fragt: »Was war denn das für ein Herr, mit dem du gestern nacht so lange unterwegs warst?« Die Tochter: »Ich weiß es auch nicht. Entweder war der Schäfer oder Pfarrer. Er hat nämlich gesagt: ›Diesmal bleibst du noch ungeschoren, aber das nächste Mal mußt du dran glauben!‹«

Kleine, aber wichtige Erfolge

244 Die Mannschaft eines Schwimmklubs kommt heim: »Preise haben wir keine gewonnen, Sieger sind wir nicht geworden, aber es ist wenigstens niemand ertrunken!«

Luftfahrt

245 Flug nach Amerika. Der Flugkapitän erklärt über Lautsprecher: »Dieses ist mein letzter Flug. Dann gehe ich in Pension. Ich würde gern zum Abschluß noch einen Looping machen. Es kann Ihnen nichts passieren. Sie brauchen sich nur anzuschnallen. Und Sie haben ein einmaliges Erlebnis. Sind Sie einverstanden?« Die Passagiere brüllen begeistert: »Ja!« Der Looping findet statt. Der Flugkapitän fragt: »Sind Sie alle glücklich?« Die Passagiere: »Ja!« Da geht die Toilettentür auf. Ein kleines Männchen erscheint völlig verstört und ruft: »Ich aber gar nicht!«

246 Flug von Frankfurt nach New York. Der Flugkapitän erklärt über Lautsprecher: »Leider ist eines unserer Triebwerke ausgefallen. Unsere Ankunft in New York wird sich um eine halbe Stunde verspäten.« Nach einigen Minuten gibt der Flugkapitän eine weitere Erklärung über den Lautsprecher ab: »Leider ist auch ein zweites Triebwerk ausgefallen. Unsere Ankunft in New York wird sich um eineinhalb Stunden verspäten.« Es vergeht eine halbe Stunde, dann spricht der Flugkapitän erneut über den Lautsprecher: »Es tut mir furchtbar leid, aber ein weiteres Triebwerk ist ausgefallen. Kein Problem, aber wir werden zweieinhalb Stunden später als vorgesehen in New York landen.« Da sagt ein alter Passagier zu seiner Frau: »Wenn das so weiter geht, bleiben wir den ganzen Tag hier oben.«

247 Tag der offenen Tür einer Kunstflugstaffel auf einem kleinen Flugplatz. Ein Farmer mit seiner Frau klettert in die Maschine. Das Ehepaar ist sehr redselig. »Da liegt

unsere Farm!« »Nein, das ist nicht unsere Farm! Die ist da drüben.« »Unsinn, hier ist sie, ich sehe sogar unsere Kühe!« »Das sind nicht unsere Kühe.« Dem Piloten wird es zu dumm: »Halten Sie endlich den Mund, ich muß mich konzentrieren!« Die beiden schweigen. Der Pilot macht einen Looping. Eine Schraube. Kein Ton. Er landet. Da sagt der Bauer: »Vorhin, als meine Frau herausgefallen ist, da hätte ich beinahe etwas gesagt!«

Leider kein Wunder

248 Wallfahrtskirche. Eine Frau kommt heraus und ruft: »Jetzt kann ich wieder laufen!« Ein Neugieriger nähert sich ihr und fragt: »Haben die Heiligen geholfen?« Die Frau: »Nein, aber mein Fahrrad ist mir wieder gestohlen worden!«

Sozialismus oder Fernsicht und Nahsicht

249 Ein Russe erklärt: »Sozialismus ist wie eine Schiffsreise auf stürmischem Meer. Der Horizont ist herrlich. Aber wo man ist, da ist es zum Kotzen.«

Bibelfest

250 Kaiserzeit. Reitunterricht bei der Kavallerie. Der Unteroffizier sagt zu einem Rekruten: »Sie sitzen auf dem Gaul wie weiland Iphigenie auf Tauris!« Der Rittmeister hört das und meint: »Unteroffizier, es ist ja schön, daß Sie sich in der Bibel so gut auskennen, aber Jottes Wort jehört nun mal nich auf die Reitbahn!«

Justiz mit Sehstörungen

251 Der Richter schielt. Drei Angeklagte stehen nebeneinander. Der Richter fragt den ersten. »Wie heißen Sie?« Der zweite antwortet: »Müller, Jakob!« Der Richter:

»Ich habe Sie nicht gefragt.« Der dritte: »Ich habe auch nichts gesagt!«

Fast erfüllte Prophezeiung

252 Eine Dame befragt eine Wahrsagerin. Diese prophezeit ihr, daß sie heiraten und drei Kinder haben werde. Nach drei Jahren trifft die Dame die Wahrsagerin wieder. Diese fragt: »Ist das eingetroffen, was ich Ihnen vorausgesagt habe?« Die Dame: »Teilweise schon. Die drei Kinder habe ich, aber auf den Ehemann warte ich immer noch!«

Glück gehabt

253 Kaiserzeit. Schnellzug nach Berlin. Ein Hauptmann im Abteil. Eine Dame steigt zu und setzt sich aus Versehen auf dessen Mütze. Sie entschuldigt sich. Der Hauptmann: »Da haben Gnädigste Glück gehabt. Wollte eigentlich die Pickelhaube mitnehmen.«

Zwischenrufe

254 Ein Redner will das Wort ergreifen. Da ruft ihm einer zu: »Sag alles, was du weißt, das wird nicht lange dauern!« Der Redner: »Ich sage alles, was wir beide wissen, das dauert keine Sekunde länger!«

255 Ein Redner ergreift das Wort und spricht ziemlich leise. Ein Mann, der ganz hinten sitzt, brüllt: »Ich verstehe kein einziges Wort!« Da erhebt sich einer, der in der ersten Reihe sitzt und ruft zurück: »Ich verstehe jedes Wort, bin aber sofort bereit, mit Ihnen den Platz zu tauschen!«

Zum Schluß kommen

256 Im Berner Großrat soll einmal ein Redner seine Ausführungen wie folgt beendet haben: »Es wäre noch viel zu sagen, wenn man nur wüßte was.«

Nachwort
Über Manfred Rommel und seine Witze

Manfred Rommel ist im Mai 1997 im Frankfurter Römer mit dem Heinz Herbert Karry-Preis als eine Persönlichkeit ausgezeichnet worden, »die sich durch Wort, Schrift oder Handeln mutig und engagiert für das Gedeihen und den Ausbau unseres freiheitlichen, demokratischen und sozialen Rechtsstaates« eingesetzt hat und noch einsetzt.
In seiner Laudatio zitierte der Politologe G. W. Wittkämper von der Universität Münster die Briefe »Über die ästhetische Erziehung des Menschen«, in denen Friedrich Schiller schon 1795 die Gefahr beschrieben hat, »daß allmählich das einzelne konkrete Leben vertilgt« wird, »damit das Abstrakt des Ganzen sein dürftiges Dasein friste, und ewig bleibt der Staat seinen Bürgern fremd, weil ihn das Gefühl nicht findet«.
Genau dagegen ist Manfred Rommel in seinen Reden stets angegangen, vor allem in seinen Sprüchen und Gedichten, die nach Meinung

von Professor Wittkämper mehr sind als Aphorismen, eben eine Therapie gegen die Entfremdung von Staat und Bürgern und zudem »eine glänzende Widerlegung« des so häufig beklagten (bierernsten) »teutonischen Stils«. So ist auch Rommels Empfehlung zu verstehen, deutsche Reden, vor allem politische Reden durch Witze aufzulockern. Er hat das selbst immer wieder mit großem Erfolg getan und öffnet in diesem Bändchen das Schatzkästchen seiner gesammelten Witze zur gefälligen Bedienung: »Ich gehe davon aus,« sagt er in seinem Vorwort, »daß diejenigen, von denen ich sie gehört habe, sie ihrerseits irgendwo gehört hatten.«

Ulrich Frank-Planitz